対魔導学園35試験小隊

11. 魔女狩り戦争（下）

柳実冬貴

ファンタジア文庫

2357

口絵・本文イラスト　切符

AntiMagic Academy "The 35th Test Platoon"

Chapter

プロローグ	5
第一章　代償	25
第二章　草薙の血	56
第三章　神に至ろうとする者達	106
第四章　東の白き魔女	153
最終章　鬼二人	213
エピローグ	259
あとがき	274

プロローグ

「彼方《かなた》さんはさ〜、こんな世界壊《こわ》れちゃえばいいって、思ったことある〜?」

中庭の木の下で、ひび割れた空を見上げながら、星白流《ほしじろながる》は背後にやってきた大野木《おおのぎ》彼方にぽつりと言った。

接近したことに気づかれたことを、彼方はいまさら驚《おどろ》きはしなかった。

「何度もありますよ。上司からの無茶ぶりとか、上司からの冷たい一言とか、上司からのサービス残業宣告とか、そういう時はみんな死ねばいいのにと思うこともあります」

「彼方さんらしいな〜。鐵《くろがね》隊長ってそんなに厳しい人だったんだね〜」

「ええ。それはもう、何度心の中で死ねばいいのにと呟《つぶや》いたことか」

「うふふ。でもそれって、きっと信頼《しんらい》されている証拠《しょうこ》だよね〜」

信頼されていると言われて、「それはどうでしょうね……」と返してから、彼方は流の小さな背中を見つめた。

大野木彼方は、この少女の底の知れなさを出会った頃《ころ》からよく知っていた。

まだ隠密《バンシー》として新人だった頃、赤い蝶《ちょう》の虫籠《むしかご》の軌跡《きせき》を追い、峰城和眞《みねしろかずま》の足取りを調べ始めた時、彼方は流と出会った。

流は彼方に「これ以上踏《ふ》み込むと、あなたもうちも命を狙《ねら》われることになりそうだから、ここはひとまず手を組まないかい？」なんてことを言ってきたのである。

その頃から、彼方と流の関係は始まったと言える。峰城和眞の死後、どのようにして異《い》端《たん》同盟のリーダーになったのかは、彼方も知らない。

そもそも星白流という少女の素性《すじよう》はよくわかっていないのだ。

決壊症候群《オーバーフローコンプレックス》を煩《わずら》った姉がおり、貴重なサンプルとして異端審問会《いたんしんもん》に実験台にされたあげくに命を落としたと本人は言っていた。確かに星白という姓《せい》を持つ女児にそういう少女がいたのは間違《まちが》いない。戸籍《こせき》は流の姉になっているし、書類上は流は完全に星白という一《いっ》般《ぱん》家庭の娘《むすめ》だ。

こんなものは嘘《うそ》である。彼女の生い立ちは書類にしか記されていない。星白家の敷地《しきち》には家が建っているだけで、まるでハリボテのように中はもぬけの殻《から》だ。

この少女の経歴は実のところ嘘しかないのだ。

出身も、年齢《ねんれい》も、全《すべ》てが嘘である。

恐《おそ》らく、彼女のことを知っている者は異端同盟の初期メンバーだけだろう。

「……星白さんは、世界が滅《ほろ》びてしまえばいいと思ったことはないんですか？」

「ないよ」

ひび割れた空を見上げながら、珍《めずら》しく淡々《たんたん》と、はっきりとした口調で流は言った。

即答《そくとう》だった。

「本当に世界が滅びればいいと思ったことは一度もないよ〜。心の底からあの世界が大好きなんだ」

「………………」

「だからうちはなんとしても守らなくちゃいけないんだ。あの混沌《こんとん》とした世界をね」

そんな人間、本当にいるのだろうか。

シンプルでわかりやすい分、不気味だった。国や世界を守ろうとする人々には必ず動機がある。妹や仲間を守ろうとする草薙《くさなぎ》タケルにしろ、法と秩序《ちつじょ》を守ろうとする鐵隼人《はやと》にしろ、個人や概念《がいねん》のために世界を守ろうと奔走《ほんそう》している。彼方もそれは同じだ。

だが流は違う。

世界が好きだから世界を守る。理由にはなっているが、その理由に説得力が無い。

「うちにとってあの世界は、楽園だからね〜」

「………………」

星白流の精神に欠陥《けっかん》があるのは異端同盟の人間なら誰《だれ》でも知っている。

負の感情が抱《いだ》けない。悲しみや憎《にく》しみを感じることができない。

故《ゆえ》に他者に共感できない。

生きづらいと感じたことはないのだろうか。

そんなことすら感じることができないのはわかっているけれど、彼女にとってこの世界は幸せとはほど遠いものだったのではないだろうか。

流の背中を見ながら、彼方はいつもそんなことを思っていた。

無論、今この時も。

彼女が世界を守ろうとする理由が、見えてこない。

世界を愛する理由が見えてこない。

「今本拠地《ほんきょち》を放棄《ほうき》することは得策とは思えません」

「…………」

「戦争を終結させたとして、鳳颯月《おおとりそうげつ》を殺したとして、異端同盟の存在意義が消えることはありません。我々には帰る場所が必要です」

『神話世界の断片《だんぺん》』と呼ばれるこの空間にいた異端同盟の人間は全員元の世界へ戻《もど》っていた。

外の世界で戦争が始まった今となっては、異端同盟が身を隠《かく》す理由はほとんどなくなった。全勢力をもって戦争を止めなければならないのだから、当然かもしれない。

異端審問会、幻想教団《ヴァルハラ》……異端同盟は第三の勢力と呼ぶにはあまりにも小規模かつ貧《ひん》弱《じゃく》だ。情報戦は抜《ぬ》きん出ていたが、単純な戦力では圧倒《あっとう》的に他に劣っている。持ち得《う》る情報をフルに活用し、両軍の隙《すき》を突《つ》いて敵のトップの首を取るのが異端同盟に残されたやり方だ。

それ故に、異端同盟には帰る場所が必要なのだ。

各組織の裏で暗躍《あんやく》し、世界のバランスを保つことが目的な以上、存続し続けることにこそ意味がある。

「……残念だけど、そうも言っていられなさそうなんだよね～。みんなをここから退避《たいひ》させたのは、戦争が始まったからじゃないんだ」

「……では何故です？　我々にとって、ここほど安全な場所はありません」

「可能性として考えられるだけだけどね……もしも鳳颯月の正体がその可能性に合致《がっち》してしまうものだったら、ここはもう安全じゃなくなっ、てしまうのさ」

彼方が首を傾《かし》げると、流は微笑《ほほえ》みながら振《ふ》り向き、のたのたと彼方の方へと歩いた。

「だからさ～、彼方さんも先に向こうに戻っててよ」

「星白さんを置いていけるわけないでしょう。もう少しリーダーであるという自覚を持ってください。私の仕事はあなたを――」

言いかけた時、不意に流が彼方に抱《だ》きついてきた。

あまりの不意打ちに、彼方は狼狽《ろうばい》してしまう。

流は彼方に抱きつきながら、嬉《うれ》しそうに息を吸い込む。

「……ほ、星白さん？」

「彼方さん、静《しずか》ちゃんの代わりにうちを守ってくれて、今までありがとね～」

何を言って――そう言いかけた時、彼方の背中が熱を持った。

慌《あわ》てて背中に貼《は》り付けられたものに触《ふ》れようとしたと同時に、彼方の身体《からだ》が光を帯びる。

「転送魔法《まほう》の呪符《インスタント》……!?」

「現地の人達と合流して伝えてあげて。作戦はプランCに変更《へんこう》。草薙君を全力で援護《えんご》して、草薙オロチとマザーグースを止めるんだ」

簡潔に命令し終えて、流は彼方から離《はな》れてバイバイと手を振った。

魔法は発動してしまった。いまさら止めることはできない。

彼方は流の行動の意味を考えることを放棄し、聞くべきことを聞く。

「その先は!?　まだ草薙君達が峰城和眞の文書を追っているんですよ!?　鳳颯月はどうするつもりなんです!?」

「うちが時間を稼《かせ》ぐ。でもその先は……ごめんよ、草薙君とラピスちゃんに任せるしかない」

眉根《まゆね》を下げて、頬《ほお》を掻《か》きながら言った。

彼方は流に手を伸《の》ばす。

「星白さん……あなたは何を――！」

全てを言い終える前に彼方の身体は魔力の粒子《りゅうし》と化し、その場から忽然《こつぜん》と姿を消した。

一人きりになった流は、どこからともなく吹《ふ》いてきた風に髪《かみ》を靡《なび》かせながら、空を見上げる。

ひび割れた世界。壊れた世界の断片。

この世界が残存している理由は、流にもわからない。

世界が衝突《しょうとつ》した理由も、衝突する前のことも、確証を持てるほどの情報が無い。

全てを知るのはあの男しかいない。

そう。世界の真実を握《にぎ》るのは――

「……話を聞かせてよ、鳳颯月」

――彼、ただ一人だ。

木の幹の反対側に人の気配がある。

幹に背を預けて佇《たたず》むのは、白い髪と白いスーツの男だった。

「驚いたな。まさか私が来ることを予測していたとはね」

白い男、鳳颯月は口元に笑《え》みを湛《たた》えながらそう言った。

流と颯月は互《たが》いに木の幹に背を預けたまま、壊《こわ》れかけの世界で対峙《たいじ》する。

「勘《かん》だよ、勘～。こちらがあなたの正体を探《さぐ》っているとバレてしまっていた以上、あなたがうちらの本拠地の場所を見つける可能性は低くなかったしね」

「それで同盟の人間を全員退避させたと？　たいしたものだ。となると、私の正体についても、君はある程度予測していたというわけだね」

流は黙《だま》り、下を向いてため息を吐《つ》いた。

「確証はなかった。だから草薙君達に証拠となる峰城さんの文書を追わせてたんだけど」

足下《あしもと》の石ころを蹴飛《けと》ばして、流は下を向いたまま頬を指で掻く。

「……神様かぁ。正直、違ってほしかったな～」

「だよね。私もそう思う」

肩《かた》をすくめながら、颯月は苦笑《くしょう》する。

「可能性に気づいたのはいつからだい？」

「あなたの目的が破滅《はめつ》であり、自分の死そのものなんじゃないかって思い始めたのは、キセキちゃんを利用しようとしていて、なおかつ草薙君を神狩《かみが》り化させようとしていたとわかった時さ」

流は足下の木の葉を拾い上げ、指先でもてあそびながら、話を続ける。

「あなたは一五〇年前から草薙家に依存《いぞん》していた。そして、本当に手中に収めたかったのは草薙家の男児であり、女児の方じゃない。一五〇年前の時も本命は草薙オロチ……草薙ミコトは彼を神狩りにさせるためのトリガーでしかなかった」

草薙家を利用していた前例があったからこそ、流が颯月の正体に気づけたと言ってよかった。

「人類を滅ぼすだけなら百鬼夜行《ひゃっきやこう》だけで十分。それなのにあなたは『神狩り』という存在を作りだそうとしていた。あれは世界を滅ぼす力じゃなくて、神を殺す力なのにね。わざわざオロチさんや草薙君に憎まれるようなやり方をしながら、あなたは神を殺す力を必死に手に入れようとしていた」

「…………」

「あなたの目的は破滅なのに、神殺しの力にこだわるのは妙《みょう》だと思ったんだ」

「……それだけの判断材料で……すごいな、君は」

世辞ではないのだろう。声にいつものふざけた様子は一切《いっさい》無かった。

敵に誉《ほ》められるというのは複雑だな、と流は思った。

別にすごいことだとは思わなかった。こんなものは妄想《もうそう》みたいなものだし、様々な可能性を考慮《こうりょ》して組織を動かすのはトップの人間に課せられた義務のようなものだからだ。

組織を動かす以上、トップは賭《かけ》をしてはいけない。

神を殺して世界を滅ぼすことが鳳颯月の目的だと気づいても、彼自身が神かどうかの判断は勘と言わざるを得なかった。いくら可能性があるといっても、確証がなければ組織を動かすことは許されない。

だが流は、今回ばかりは賭をした。

異端《いたん》同盟の人員を退避させたのは、戦争終結へ向けて総力戦を挑《いど》むためではない。

この男がこの世界へやってくることを予期してのことだった。

「正解だ。私はあの世界の神であり、あの世界の命そのものと言っていい。無論、望んでそうなったわけではないがね」

「……あなたは、神話世界と現実世界が衝突する前の存在ということでいいのかな？」

「そういう認識《にんしき》で構わない。元々我々が生きていた世界には魔導など存在しなかったという説は正しい。魔導とは、神話世界との衝突により再構築された世界に生じたバグのようなものだ」

「バグ？」

流は興味深そうに口の端《はし》を上げる。

「詳《くわ》しく聞きたいな〜」

「面白《おもしろ》い話ではないよ」

「よければ聞かせてくれないかな〜」

流がお願いすると、颯月は肩をすくめた。

「君達からすれば、これは神話ってことになるのかな。古い古いおとぎ話だ。魔導の存在しなかった頃《ころ》の世界は、今よりも格段に科学技術が発展していて、それこそ魔法のようなことが自在にできるような世界だった」

「…………」

「全《すべ》てが変わったのは人類が異世界とのコンタクトを試みたためだ。異世界とは、君達が神話世界と呼んでいる空間のことさ」

彼の声から感じられる感情は、郷愁《きょうしゅう》と呼んでもよかったのかもしれない。

およそ人間味という言葉からはほど遠い人物であるという鳳颯月への評価を覆《くつがえ》しかねない感情の隆起《りゅうき》がそこにあるように思えた。

あるはず……なのだが、流には何か引っかかる。感情に欠損があるおかげで、逆に人の感情に敏感《びんかん》になった流は、その引っかかりに感づくことができた。

「そうしてコンタクトに成功したのが全ての間違《まちが》いだったのだろう。結果的に神々と人間の間で戦争が起こり、世界同士が衝突し、神々の世界と交じり合った人間の世界には魔導が溢《あふ》れた……実に嘆《なげ》かわしいことだ」

その時だけ、颯月の声に憎《にく》しみの感情が宿る。

しかしおかしい。妙だ。

何か、嘘くさい。

言っていることは真実なのかもしれないが、彼の感情が嘘《うそ》くさい。

鳳颯月が世界を破滅させようとしている理由は、本当に憎しみなのか？

人間の世界に魔導が溢れたのが神のせいであり、魔導そのものが神々の遺産であるとするならば、元の世界の人間が魔導を憎むのはわからなくもない。

しかし彼は神だ。神が魔導を憎む道理はどこにある？

「私が魔導をバグと呼んだのはそういう理由だ。魔導は神々の世界のせいで生まれたバグなのだよ」

途方《とほう》も無い話だが、理屈《りくつ》はわかった。

流は真髄《しんずい》を確かめるために、最後の問いをする。

「あなたは誰《だれ》なの？」

神なのに神を憎む存在。

流は北欧《ほくおう》神話の伝説に、一人そういう存在がいたことを覚えていた。

颯月は答える。静かに、淡々《たんたん》と。

「私は人工的に作られた神なんだ。半分人間で、半分神。そういう存在だった」

「…………」

「この世界に伝えられている改変された神話の中では、ロキとか呼ばれていたかな。実際にそう呼ばれたことは一度も無いし、あんな大げさな存在ではないけどね」

ロキ……あまりにも有名な悪魔だ。

どんな神話世界にも、悪魔に分類される存在がいる。だいたいが元々は神だったり、善性が悪性に転移した結果、悪魔と成り果てている。こういった神話世界の類似性は、異世界同士が一種の平行世界であるからだという仮説が立てられていた。

ようは颯月は北欧神話世界の悪魔だったというわけだ。

なら、神々を憎むのも間違ってはいない。

「…………」

でもナゼか、その憎しみはやっぱり嘘くさい。

彼と憎しみという感情が合致《がっち》しないのだ。

「私からも質問いいかい？」

「どうぞ～」

「逆に君は何なんだい？　どういう存在なんだ？」

その問いに、流は苦笑しながら肩をすくめた。

「実はうちにもわかんないんだ～」

「わからない？」

「うちは、この世界……北欧神話世界の断片《だんぺん》で生まれたらしいんだよね。記憶《きおく》も無かったし、知識も無かったけど、最初からここにいた」

颯月がわずかに目を細める。流はニコニコしながら身の上話を進める。

「もう一つ世界があるって知ったのは、異端同盟の人達がここにきてからなんだ～。うちはあの頃言葉も話せなかったから、同盟の人……峰城和眞さん達に育てられたのさ」

「……では、君は神々の生き残りということになるのか？」

「うんにゃ～、わかんない。だってうち、魔法《まほう》使えないし。身体《からだ》も構造は人間だしね～」

「ふむ……私と同じだね。君はもしや、魂《たましい》が神なのではないか？」

流はもう一度肩をすくめる。

「さあ？　それもわからない。うちはあなたと違って不死身じゃないし」

「…………」

「──あのさ」

突然《とつぜん》、流は木の幹から離《はな》れ、くるりと回って颯月の前にやってきた。

そして、まん丸な大きな瞳《ひとみ》で、颯月の顔を覗《のぞ》き込む。

「あなたはあの世界を憎んでいるように演じているけど」

「…………」

「本当は違うでしょ？」

ニヤリと笑って、流が颯月を指さす。

颯月は目をパチパチさせて、きょとんとした。

「ほんとはさ──ぶっ壊《こわ》すのが好きなだけだよねっ？」

どーよ、と流がドヤ顔をしてくるのを見て、颯月も思わず笑ってしまう。

口元に手を当てつつも、いつものチェシャ猫《ねこ》のような笑みを浮《う》かべた。

「……バレたかい？」

「うん！　うちは嬉《うれ》しいとか、楽しいとか、そういう感情は共感できちゃうからね～。あなたからはさっきからどう考えても憎しみじゃなくて楽しさみたいなのが感じられてたんだ」

「本当に鋭《するど》いな。そうさ、今長々と語って聞かせたのは全て真実だが、建前だ」

颯月はキリッと顔を引き締《し》めて、胸に左手を当てながら右手を広げた。

「――ぶっちゃけ神とか魔導とかどうでもいい、破滅《はめつ》が私の生き甲斐《がい》なんだ！」

心底楽しそうに言ってから、「いや、死に甲斐か？」と首を傾《かし》げる颯月に、流は「やっぱりね～」と嬉しそうに胸を張った。

だが、その後すぐに、流は頰《ほお》を指で掻《か》く。

「……じゃあ、やっぱり、あなたはうちの敵だ」

颯月も苦笑《くしょう》して、流がしていたのと同じように肩《かた》をすくめる。

「敵だったなら、どうするんだい？　私は君を殺しに来たんだが」

「んー……」

唇《くちびる》に人差し指を当てて、流はしばし思案する。

そして、うんと頷《うなず》いてみせて、にっこり微笑《ほほえ》んだ。

「決めた。あなたをこの世界の破壊に巻き込むことにする」

風が吹《ふ》いて、颯月と流の髪《かみ》が揺《ゆ》れる。

いつの間にか流の手に、柄《え》の短い槌《つち》のようなものが握《にぎ》られていた。

颯月が少しだけ表情を険しくする。

「……ミョルニル……世界を破壊するための神器か」

「レーヴァテインと一緒《いっしょ》で半壊《はんかい》してるけどね～。でも、ここみたいな壊れかけの世界の断片なら、一撃《いちげき》で壊せると思う」

「……私をこの世界の破滅に巻き込んだところで、私は死ねんよ？」

流はノンノンと人差し指を横に振《ふ》った。

「死なれちゃ困るもん。うちの大好きなあの世界が滅《ほろ》びちゃうし～」

「君は死ぬぞ？　恐《おそ》らく君は、この世界の断片の神だ。神が死ねば世界は滅ぶ、世界が滅びれば神は死ぬ」

「構わないよ～。うちが死んで、少しでも時間稼《かせ》ぎができるならね～」

あっけらかんと言ってのけた流に、颯月は呆《あき》れ顔でため息を吐《つ》く。

流はニコニコしながら風に髪を揺らしていた。

「……最後にもう一つ聞かせてほしい。君があの混沌《こんとん》とした世界を愛する理由はなんだい？」

颯月が問うと、流は両手を広げて満面の笑みを浮かべた。

「——あの世界には、不幸な人がいっぱいいるからっ！　うちの生き甲斐は人を救って幸せにすることだからっ！　だから愛《いと》しくて仕方がないんだよ～！」

その笑顔はまるで天使のようで、
女神《めがみ》のようで、
そして——無邪気《むじゃき》な悪魔のようだった。

颯月はくつくつと喉《のど》を鳴らして笑い、流を見る。

「私も大概《たいがい》だが、君も相当だな！」

「そっかな～っ？　えへへ～」

似たもの同士の二人は無邪気に笑い合い、
そして、別れを告げる。

「こういう語らいができる相手がいなくなることを……寂《さび》しく思うよ」

嘘なくせに、と思いつつ、流はミョルニルを振り上げる。

そして——

「ごめん～、うち、寂しいとかそういうの、わっかんないや～」

——星白流は、世界を破壊した。

第一章　代償《だいしょう》

目を開けると、脳が揺れ動いているのを感じた。

激しい吐き気に喘《あえ》ぎながら、飛び出そうなくらいに痛む眼球で辺りを見回す。

世界がおかしかった。

全《すべ》てがスローに見える。音も、空気も、光さえもどこか緩慢《かんまん》に感じる。

見ているだけで気が狂《くる》いそうな光景だった。

草薙《くさなぎ》タケルは自分がこうなってしまった経緯《けいい》をすぐに思い出した。

峰城和眞《みねしろかずま》の文書を追って臨界点《クリティカルポイント》に侵入《しんにゅう》し、そこで鉢《はち》合わせたエグゼや鐵隼人《くろがねはやと》との戦い。

隼人の圧倒《あっとう》的な強さに追い込まれ、為《な》す術《すべ》もなく敗北しようとした時に――タケルは人としての境界線を越《こ》えてしまった。

なんとか覚えている。あの獣《けもの》のような思考も、このままでは後戻《あともど》りできなくなるという人間としての危機感も、覚えている。

この目の前の光景は、あの時の状態の延長だ。

身体《からだ》中の内臓を吐きだしてしまいたい衝動《しょうどう》に駆《か》られる中、草薙タケルは呼びかける。

（ラピ、ス……ラピス……）

それは助けを求めるような声だった。

事実、タケルはこのどうしようもない脳の暴走の最中《さなか》で相棒に救助を求めていた。

このままでは死んでしまうと思った。こんな世界は人間が到達《とうたつ》していい場所じゃない。

もう一秒だって耐《た》えられない。

そう思った時、

《──宿──主──私──が──聞こえますか？》

相棒の声が頭の中に届いた。

まだ遅《おそ》い。あまりにスローすぎて意味を把握《はあく》するまでに時間がかかりすぎている。

《聞こ──えて──いると──信じて──続けます。今宿主は脳の稼働率《かどうりつ》が跳《は》ね上がり、暴走している状態にあります》

次第《しだい》に声が追いついてきてはっきりと聞き取れるようにはなったが、まだタケルの世界は通常に戻っていない。世界は遅いままだ。

どうすればいい？

その想《おも》いだけをラピスへ送る。

《恐らく……宿主が普通《ふつう》の状態に戻ることは一生無いでしょう。それほどまでに宿主は人

としての一線を越えてしまった。宿主の脳内処理速度は、この状態がデフォルトになります》

…………。

冗談《じょうだん》じゃねぇぞ。こんなもの、耐えられるものか。

タケルは白旗を上げたい気分だった。

《この状態では宿主の寿命《じゅみょう》が尽《つ》きてしまう。対処法は一つです。掃魔刀《そうまとう》と逆のことを行ってください。今の宿主ならば、できるはずです》

掃魔刀の逆と言われて、タケルは目を閉じた。

掃魔刀は言うなれば脳のリミッターを解除すること。任意で火事場の馬鹿力《ばかぢから》を発動させていると言っていい。

オロチとの修行《しゅぎょう》の日々を思い出す。

掃魔刀を習得するために行った鍛錬《たんれん》は、単純かつ熾烈《しれつ》だった。

鍛錬の内容は高さ一〇〇メートルの場所から谷へ飛び降りるだけだ。というより、オロチに突《つ》き落とされるだけだった。突き落とされたタケルは崖《がけ》の岩場や木の枝に掴《つか》まったりして墜落《ついらく》を逃《のが》れ、崖をよじ登る。そして崖を登り切って、またオロチに蹴落《けお》とされる。

それを毎日何十回も繰《く》り返した。無論、毎日のように骨折したし、命を落としそうになったことは数え切れない。

けれど繰り返すうちに、タケルはコツを掴んだ。命の危機に慣れて、その対処にも慣れることができた。

あの感覚は忘れられない。まるで脳みそに鍵《かぎ》のかかった蓋《ふた》があって、それを無理矢理こじ開けるようなイメージだ。

その逆をやれと、ラピスは言っている。

蓋を……閉じる。

「……――っ……く！」

強風で閉じることのできない窓を閉めるように、タケルは意識を集中させる。

普段ならば掃魔刀が発動してもすぐに止めることができたのに、暴走状態にある今は度し難《がた》い集中力を要した。

閉じろ、閉じろ。

そう念じながら歯を食いしばった瞬間《しゅんかん》、

――ズゥ……ン。

重低音のような耳鳴りが聞こえた直後、世界が元に戻った。

呼吸が正常に戻り、酸素が肺に送り込まれ、身体《からだ》の痛みや感覚が戻ってくる。

「……い……っ……！」

頭痛は酷《ひど》いし眼球は破裂《はれつ》しそうなくらいに充血《じゅうけつ》して悲鳴を上げているが、なんとか元通りの状態に戻ることができた。

《気を抜《ぬ》けばすぐにまた暴走するはずです……お辛《つら》いでしょうが、その状態が維持《いじ》できるように集中してください。私も微力《びりょく》ながらお手伝いしますので》

暴走状態がデフォルトになってしまったのは本当らしく、蓋をしても押さえていなければ再び開いてしまうような状態だった。

ラピスの言葉に脳内で頷《うなず》いてみせて、タケルは現状を把握するために顔を上げた。

「──タケル、目を覚ましたのか⁉」

桜花《おうか》の声が耳に飛び込んできて、タケルは返事をしようとした。

が、思いっきり舌を嚙《か》んでしまった。

「あでっ……な、何だ？」

やたらと身体が上下に揺《ゆ》れていた。

どうやらタケルは桜花におんぶされているらしかった。桜花はタケルを背負いながら全力で走っている。

「桜花、何をそんなに急いで──」

「悪いが状況《じょうきょう》を説明している暇《ひま》は無い！　舌を噛まぬように歯を食いしばっておけ！」

こちらの状態など気にもせず、桜花は全力疾走《しっそう》だ。

男が女子におんぶされているという状況に、タケルはちょっと情けない気持ちになった。

鐵隼人との戦闘《せんとう》からどれくらい時間が経《た》ったのだろう？

峰城和眞の文書はどうなったのだろう？

またもや気を失ってしまった自分を不甲斐《ふがい》なく思いながら、タケルが首を動かして後ろを見ると、そこには、

——何か、どす黒い嵐《あらし》のようなものが背後に迫《せま》っていた。

「……な、なんだこりゃ……」

ギョッとするとは正にこのことだった。

桜花の後ろには、マリやうさぎ、斑鳩《いかるが》に京夜《きょうや》がいた。

みんな青い顔で必死に走っている。

「不可視災害《アカシックハザード》よ不可視災害《アカシックハザード》！　触《ふ》れただけで天国ツアーにご招待の不可視災害《アカシックハザード》ー！」

足首に飛行輪《りん》を展開させて、タケルの真横に飛んできたマリが叫《さけ》ぶ。

「もしかして俺が気絶してから……」

「五分も経ってねぇんだよこの早起きが……！」

さらに横にやってきた京夜が不機嫌《ふきげん》そうな顔で言った。

「五分⁉　あれからたったの五分しか経っていないのか⁉」

「そーよ。ごらんの通り、時間切れで不可視災害《アカシックハザード》から逃《に》げている最中」

京夜の背中に負ぶさっている斑鳩が、いつも通り気だるそうに言った。

「時間切れ……じゃあ、作戦は失敗したってことか……鐵さんはどうなったんだ？」

「文書の回収には成功したわ。鐵隼人は……わからない。私達を逃がすためにあの場に残ったようだけれど、普通ならまず助からないわね」

「…………」

タケルの記憶《きおく》は最後の一撃《いちげき》を放った直後からすっぽりと抜けている。

だが、あの劣勢《れっせい》から鐵隼人に勝利できたとは到底思えない。隼人が三五小隊を逃がすためにあの場に残ったということは、自ら引いたのだろうか。

正直言って複雑な心境だった。

隼人とは結局わかり合えなかった。相反する信念を同じ方向に進ませることはできなかった。

もっと別の結末もあったのではないかと、後悔《こうかい》の感情が先に立つ。

「鐵隊長の行動を無駄《むだ》にしないためにも、なんとしてもこの文書を持ち帰らなくてはならんのだが……」

「ぶっちゃけ際《きわ》どいわね……！」

うむ、と走りながら桜花は頷いた。

マリも戦闘で消耗《しょうもう》が激しいのか表情が硬《かた》く、桜花は負傷もしていた。京夜も隼人の一撃をもろにくらって、まだ完全には回復していない。その上で、彼は斑鳩を背負っている。

そして、

「はっ、はっ……！」

問題はうさぎだった。素《す》の運動神経は悪くないのだが、大きな銃《じゅう》を担《かつ》いでの全力疾走は並大抵《なみたいてい》の辛さではない。

「うさぎ！　大丈夫《だいじょうぶ》か⁉」

タケルが心配して声をかけると、うさぎは疲《つか》れ切った顔を上げて何か言い返そうとした。

「ら、らいじょうぶれす——わっ⁉」

めくれ上がった地面のタイルに足を取られ、そのまま転倒《てんとう》してしまう。

激しく地面を転がるうさぎを見たと同時に、タケルは桜花の背中から飛び降りた。

（——間に合えッ！）

掃魔刀を発動。身体中の筋肉を酷使《こくし》して、全力で地面を蹴《け》った。

《宿主！　いけません！》

ラピスの制止の声が聞こえたが、タケルの動きが一刹那《いっせつな》速かった。

周囲の動きが再びスローになる――否《いな》、完全に停止する。

その状態で身体を動かした時、タケルの意識が激しくぐらついた。

「う――ぐぅっ……！」

脳に焼いた鉄の杭《くい》でも差し込まれたような感覚に、タケルはさっきと同じ方法で掃魔刀を解除してその場に膝《ひざ》をついた。

走っていた全員が振《ふ》り返り、タケルとうさぎに駆け寄ろうとする。うさぎもタケルが駆けつけようとしたのを見て立ち上がるが、膝を痛めたのか動けずにいた。

今ここで止まっては間に合わない。目の前まで不可視災害《アカシックハザード》が迫っている。到達まで三秒もかからないだろう。

掃魔刀を使用しなければ、うさぎは――！

「おぉッ――！」

苦痛を振り払《はら》って再び前に出ようとする。

うさぎに手を伸《の》ばして飛び出す。

背後に迫る暗黒の渦《うず》がうさぎを飲み込もうとする。

間に合うか間に合わないかの瀬戸際《せとぎわ》で、タケルの手がうさぎの手に触れようとした瞬間。

――うさぎが目の前から消えた。

「ッ⁉」

伸ばした手が空を切る。

直後、目の前に迫っていた不可視災害《アカシックハザード》が、津波《つなみ》のようにタケルの身体に襲《おそ》いかかった。

これは避《さ》けられない。

タケルは死を覚悟《かくご》した。

「――相変わらず無茶をするな、貴殿《きでん》は」

男の声が聞こえたと同時に、いきなり左腕《ひだりうで》を引っ張り上げられる。

タケルの身体はそのまま勢いよく急上昇《きゅうじょうしょう》、雲にまで届くか届かないかというところでようやく上昇が止まった。

不可視災害《アカシックハザード》に飲み込まれる臨界点《クリティカルポイント》を見下ろしてから、タケルは自分を引っ張り上げた人間を確認《かくにん》する。

「間一髪《かんいっぱつ》だったな」

箒型《ほうき》の飛行デバイスに跨《また》がってタケルの腕を掴《つか》むのは、切れ長の瞳《ひとみ》とプラチナブロンドの持ち主だ。

純血の徒第七学徒分隊隊長であり、異端《いたん》同盟の一員でもあるセージだった。

うさぎが消えたように見えたのは、彼の部下が上空から引っ張り上げてくれたからだ。

第七分隊の他メンバー達が三五小隊の仲間をデバイスに乗せて飛行し、上昇してくるのも確認できた。

「みんな無事か⁉」

声をかけると各々《おのおの》無事であることを伝えてくる。約一名、京夜だけデバイスに乗るスペースが無かったため箒にぶら下がったまま飛んでいた。

「よし、全員無事だな！」

「これが無事なように見えんのかてめぇこら草薙――うおおおお⁉」

強風に煽《あお》られて京夜がたなびくのを無視して、自分を助けてくれたセージを見上げる。

「あんたら……別の任務に関《かか》わってたんじゃないのか？」

「予定が変わった。我らに課せられた新たな任務は、貴殿らを救出することだ。間に合ってよかった」

セージはタケルを引っ張り上げて、デバイスの後部へ座らせる。

タケルは安堵《あんど》の息を吐《は》いて魔女狩《まじょが》り化を解いた。

「……助かった。セージ達がこなかったら今頃《いまごろ》聖域の中だ」

肩《かた》を叩《たた》いて礼を言うと、セージは「気にするな」と返した。

「予定変更《へんこう》って……何か起こったのか？」

「ああ。異端同盟本拠地《ほんきよち》より、全《すべ》ての人員が退避《たいひ》したそうだ。現在、こちら側の世界に全員戻《もど》ってきている」

「全員？」

「……訂正《ていせい》だ。星白殿《ほしじろどの》の行方《ゆくえ》がわからない。大野木《おおのぎ》殿の話では、単身で本拠地に残ったのだそうだが、それ以上のことはわからない……通信が途絶《とだ》えたのでな」

タケルは驚《おどろ》きつつ目を細めた。

異世界にある本拠地から同盟のメンバーを退避させる理由も、流《ながる》が一人で残った理由も見当がつかなかった。

自分が考えても仕方のないことだというのはわかっているが、何か異常な事態が発生したとみて間違《まちが》いないだろう。

「草薙、貴殿らの任務は成功したのか？　文書を追っていたという話だったが」

「……ああ。なんとかな」

あれを成功と呼んでいいものかわからないが、目標を確保できたのは事実だった。

「確認は後だ。今は急ごう」

セージは飛行速度を上げて降下し始めた。

「我々は一度身を隠《かく》す。今後について話し合う必要があるだろう。貴殿らの任務中に世界情勢に変化があった」

「敵に動きがあったのか？」

「…………」

雲を突《つ》き抜《ぬ》け、眼下の街並みが見える高度までやってくると、セージは告げる。

「審問《しんもん》会本部周辺に幻想教団《ヴァルハラ》が出現――今、街は地獄《じごく》だ」

タケルは息を呑《の》むと同時に、遠方のビルの並ぶ街を見た。

至る所から立ち上る爆炎《ばくえん》と煙《けむり》の柱。

住み慣れた街を炎《ほのお》が包んでいた。

＊＊＊

街を炎が包んだのは、一瞬《いっしゅん》の出来事だった。

転送魔法により出現した魔法使い達の奇襲《きしゅう》は、街の防衛に当たっていた騎士団《スプリガン》達を混乱させるには十分だった。

敵が転送魔法を使用することは予《あらかじ》め審問官達に伝えられていたため、アナリシスフィルターを搭載《とうさい》したゴーグルやドラグーンのメインカメラで転送の予兆となる魔力の乱れを感知することができる。

が、それで対処できるほど敵の数が少ないはずもなかった。

まるで伏兵《ふくへい》のように物陰《ものかげ》から、背後から、地下から現れる魔法使い達に、審問官達は翻《ほん》弄《ろう》されていた。

神出鬼没《しんしゅつきぼつ》の魔法使い達は、飛行デバイスに乗りながら攻撃《こうげき》を開始。

地上へ向けて無差別に攻撃をしていた。

ここ、第一八防衛線は主要な駅が近いこともあり、この時間は仕事終わりの会社員や学校帰りの学生でごった返している。

避難誘導《ひなんゆうどう》が追いつかず、シェルターには砂糖に群がる蟻《あり》のように人が押し寄せていた。

「こうなることがわかっていたのに、どうして上層部は一般《いっぱん》人の疎《そ》開《かい》を優先しなかったの……!?　全員をシェルターに収容することなんて不可能よ！」

避難誘導を行っている薬師《シーリー》の一人が、人込《ひとご》みに逆らって走っている。審問会本部があるこの街のシェルターは核《かく》にも耐《た》えられる優秀《ゆうしゅう》なものだが、その収容人数は街全体の人間をまかなえるほど大きくはない。しかも転送魔法による奇襲を受けて混乱している状況《じょうきょう》では、まともな避難誘導などできるはずもなかった。

敵は転送魔法で街中に出現するのだ。防衛線がほとんど意味をなさない。拠点《きょてん》を崩《くず》すのに転送魔法ほど有用な魔法はないだろう。

《エグゼより通達。人員を避難誘導に割《さ》かず、本部の防衛を最優先、前線部隊は敵の殲滅《せんめつ》に集中しろ》

「冗談《じょうだん》じゃない！　こんな状況を見過ごして何が異端審問官よ！」

上からの命令を無視し、薬師《シーリー》は動いた。

背中を魔弾《まだん》に撃《う》たれて痙攣《けいれん》している女性を抱《だ》き起こしながら、薬師《シーリー》が魔力の中和剤《ざい》を女性の首に注入する。魔弾の恐《おそ》ろしいところは威力《いりょく》だけでなく、その毒性にある。普通《ふつう》の人間は血中に魔力が侵入《しんにゅう》すると拒絶《きょぜつ》反応を起こし、死に至るのだ。

薬師《シーリー》は女性を担いでシェルター付近の救護所まで移動しようとしたが、目の前の光景に絶句した。

大通りを埋《う》め尽《つ》くす負傷者と死体の数々。そして今もなお攻撃を続け、空を埋め尽くすほどの数の魔法使い達。

境界線《ボーダー》で行われた戦闘《せんとう》とは違い、ここは一般人で溢《あふ》れかえっている。

戦争が始まったという事実を否《いや》が応でも思い知らされた。

赤いローブの魔法使い達が薬師《シーリー》に気づき、杖《つえ》の先へ魔力を収束させていく。

薬師《シーリー》はどうすることもできずに、絶望したまま敵の軍勢を見上げていることしかできなかった。

《――一斉掃射《いっせいそうしゃ》！　撃ち落とせ！》

だがその時、薬師《シーリー》の背後から機銃《きじゅう》の掃射が魔法使い達へ開始された。

暴風のような弾丸の雨が通り過ぎ、上空の魔法使い達を蹴散《けち》らしたのを薬師《シーリー》は確かに見た。

振り返るよりも先に、背後からドラグーンの機動部隊が薬師《シーリー》と一般人を守るように滑《すべ》り込んできた。

《上の命令など無視しろ！　第五装甲《そうこう》機動隊は市民を守る盾《たて》となる！》

《《《《了解《りょうかい》！》》》》

ミニガンによる弾幕射撃《だんまくしゃげき》を行い、第五装甲機動隊の隊長がドラグーンを駆《か》りながら一〇機の僚機《りょうき》を伴《ともな》い突撃《とつげき》する。

ドラグーンの装甲は並の魔法使いの魔弾では傷一つつかない。まして第五装甲機動隊は元々騎士団《スプリガン》のエリートで構成された部隊だ。旧式の機体であろうと彼らのドラグーンの操縦練度は審問会でもトップクラスだった。

《我々はここのシェルターを死守する！　避難誘導部隊はできるだけ多くの市民を避難さ

せろ！》

隊長機が右腕《みぎうで》に装着した巨大《きょだい》な盾をアスファルトの地面に突き立て、ライフルを構える。

薬師《シーリー》は靡《なび》く髪を手で押さえながら、わずかな希望を胸に灯《とも》した。

審問会全体が統合され、全ての審問官がエグゼの指揮下に入ったといっても、全員がそれに納得《なっとく》しているわけではない。

騎士団《スプリガン》の本分。薬師《シーリー》の本分。隠密《バンシー》の本分を忘れず、その誇《ほこ》りに従ってこの戦いに挑《いど》もうとしている者がまだたくさんいた。

審問官の増援《ぞうえん》に、空を飛んでいる魔法使いの隊長は舌打ちをした。

「怯《ひる》むな！　制空権は我らにある！　敵の機械人形は防御《ぼうぎょ》と火力はあれど愚鈍《ぐどん》だ！　後衛は大魔法発動準備、蹴散らすぞ！　前衛は敵の注意を逸《そ》らし後衛を守れ！」

箒に乗った魔法使い達が蜂《はち》のように空を飛びながら、ドラグーンの部隊へ牽制《けんせい》攻撃をしかけてくる。

ビルの屋上に着地した後衛の魔女部隊は巨大な魔法陣《じん》を展開した。

《二時方向、ビル屋上に敵の魔力反応増大！》

《目標はビル屋上、全機集中砲火《ほうか》！　大魔法を阻止《そし》しろ！》

ドラグーンが全火力をビルの屋上へ向ける。

だが、届かない。射程距離《きょり》外な上に防護結界を張られているため、どうあっても弾《たま》が届かなかった。

《っ！　全機、私を援護しろ！》

隊長機がミニガンと盾を捨てて、足裏のキャタピラを回転させ、ビルに向かって猛《もう》スピードで走り出した。

部下達は命令通り、肩のミサイルポッドを全弾発射させて隊長機を援護する。

魔法使い達も黙《だま》ってはいない。こちらが特攻《とっこう》をしかけようとしていることに気づき、一斉に隊長機へ魔弾を放つ。

《おおおおおおおおおッ！》

隊長機は魔弾の雨をかいくぐり、ビルの下までくるとバーニアを点火させて屋上へ向け跳躍《ちょうやく》した。

エネルギーを使い果たすつもりで、隊長機がビルの屋上へ昇《のぼ》る。

彼の目の前に立ちはだかったのは敵の隊長だった。

「やらせるものか！」

敵の隊長が五重の防護魔法を展開。ビルの上の魔女達を守るように両腕を広げる。

隊長機はバックパックの魔力減退塵《チャフ》をまき散らすと同時に、ドラグーンの右拳《こぶし》を思い切り振《ふ》りかぶって防護結界にお見舞《みま》いする。

二枚の結界を破ったものの、拳は魔法を貫《つらぬ》けない。

その時——屋上の魔法陣が完成した。

《しまった——！》

大魔法の発動を予期し、第五装甲機動隊の隊長が歯を食いしばる。

敵の隊長が口元に笑《え》みを浮《う》かべた瞬間《しゅんかん》。

——彼の背中を弾丸が襲《おそ》った。

「バッ、バカ……なっ……」

突然襲った凶弾《きょうだん》に魔法使いの隊長が墜落《ついらく》していく。

屋上で魔法陣を構築していた魔女達も、巨大な爆発《ばくはつ》に巻き込まれて蒸発した。

隊長機はブーストを抑《おさ》えながら地面に着地して、ビルの屋上付近を見上げた。

光学迷彩《めいさい》により姿を隠していた五機の飛行型ドラグーンが飛んでいるのが見えた。

《第六隠密《おんみつ》機動だ。騎士団《スプリガン》にもまともな指揮官がいるようだな……空は俺達に任せてもらおう》

隠密機動……隠密《バンシー》のドラグーン部隊の総称《そうしょう》だ。日陰《ひかげ》者としてあまり表に出てこない連中だったが、どうやら上の命令に逆らって街を守ろうとする者は隠密《バンシー》にもいるらしかった。

隠密《バンシー》と騎士団《スプリガン》の不仲は審問会内部でも有名だが、この状況でそんな諍《いさか》いを持ち出すほど隊長機の男は野暮《やぼ》ではない。

《増援、感謝する。シェルターの防衛は騎士団《スプリガン》が請《う》け負った》

その言葉に応《こた》えるように隠密機動の隊長機がメインカメラを明滅《めいめつ》させ、再び空へと機体を溶《と》かせた。

守りきってみせる。

その場にいる全員の心は一つだった。

この街全《すべ》てを守れるとは思っていない。でも、自分の手で救えるだけの人々は救いたい。一介《いっかい》の審問官に過ぎずとも、誰《だれ》も彼もが利権や立場に縋《すが》り付いているわけではなかった。

《第五装甲機動隊。守るぞ……俺達の手で！》

隊長が希望を胸に部下達に命令を下す。

部下達は息を呑み、そして――断末魔《だんまつま》の悲鳴を上げた。

寒気と共に隊長がシェルターの方へドラグーンの身体《からだ》を向けると、防衛に参加していた仲間もろとも、シェルターの入り口が爆発した。

避難しようと集まっていた一般人も、誘導部隊も、怪我《けが》人を救助しようとしていた薬師《シーリー》達も、もろともに一瞬で薙《な》ぎ払《はら》われた。

崩落《ほうらく》するシェルターを見ながら、隊長は呆然《ぼうぜん》と立ち尽くす。

守ろうとした矢先に奪《うば》われた人命に対する失意の中で、隊長はその姿を捕捉《ほそく》する。

まるで太古の騎士《きし》のような姿をした巨体が、魔力を身体に纏《まと》わせながら剣《けん》のような形の銃《じゅう》を構えて立っている。

《英雄《エインヘリヤル》》……召喚魔法《しょうかんまほう》により蘇《よみがえ》った古《いにしえ》の武人。

忘れるはずがない。数ヶ月前の百鬼夜行《ひゃっきやこう》事件の折、彼もまたその脅威《きょうい》を目《ま》の当たりにしていたからだ。

――グルォオオオオオオオオオオオオオオオオオオオオ！

雄叫《おたけ》びを上げて、機械仕掛《じか》けの英雄《エインヘリヤル》が魔力を吹《ふ》き荒《あ》らす。

圧倒《あっとう》的な力の差と暴力を前にして、隊長はコックピットにてうつむく。

そして、全武装を解除、追加装甲もパージした。

両腕に備え付けられた高振動《しんどう》ブレードを展開させて、構える。

《きさまあああああああああああああああああッ！》

隊長機は英雄《エインヘリヤル》へ向けて突進《とっしん》を開始する。

もはや希望も、闘志《とうし》も、何もかも一瞬で砕《くだ》かれた。

あるのは無念と怒《いか》りだけだ。

英雄《エインヘリヤル》が隊長機の接近に気づき、剣の形をしたレールガンを向ける。

そして、魔力の収束と共に魔法使い達のものとは比べものにならない強大な魔弾を、隊長機へ向けて放つのだった。

＊＊＊

第一八防衛戦の戦いを街のシンボルでもある電波塔《とう》から眺《なが》めているのは、幻想教団《ヴァルハラ》幹部の草薙オロチとマザーグースだった。

奇襲《きしゅう》作戦の成功により、戦況《せんきょう》は幻想教団《ヴァルハラ》に有利だ。審問《しんもん》会側は奇襲のせいで統率《とうそつ》はまるで取れていない。

「セオリー通りに奇襲を行いましたが、あっけないことです。ここまでの戦果が得られるとは想定していませんでした」

「…………」

「……不満そうですね、宿主」

冷ややかに戦況を窺《うかが》っているオロチを横目で見ながら、マザーが問う。

オロチは何も映らない瞳《ひとみ》で眼下の殺戮《さつりく》を見下ろしながら、鼻を鳴らした。

「指揮系統がガタガタだ……下《した》っ端《ぱ》が正義感で命令違反《いはん》起こしてりゃ全体が瓦解《がかい》する。

個々の練度が高くとも、統率がまるっきり取れてねぇ」

元々審問官は役職によって指揮系統も役割も違《ちが》ったはずだが、軍として機能させるために全てを統合したのだろうとオロチは推測する。

悪手《あくしゅ》だ、とオロチは断言する。

審問会でまともな軍隊として運用できるのは騎士団《スプリガン》ぐらいだ。その指揮を魔導《まどう》犯罪への対策が主な特殊《とくしゅ》部隊であり、その上新体制となったエグゼに任せるのは愚《ぐ》の骨頂《こっちょう》。統一などせず個々が連携《れんけい》して動くだけで十分に善戦できたことだろう。

数は圧倒的に審問会の方が上なのだ。奇襲を受けたとしても指揮系統がきちんとしていれば対処のしようもあった。

審問会側のこの劣勢《れっせい》は、全てトップの判断が悪い。

「何より、これだけ一般《いっぱん》人が残ってりゃ右往左往するのも無理ねぇな」

「確かに解《げ》せません。審問会は何故《なぜ》一般人を街に残していたのでしょう。あらかじめ避難《ひなん》勧告《かんこく》を出しておけば、これほどの被害《ひがい》を受けずにすんだというのに」

マザーの淡々《たんたん》とした言葉に、オロチは舌打ちをする。

「いや、奴《やつ》の魂胆《こんたん》なんざ吐《は》き気《け》がするくらいわかりきっている」

「……？」

「颯月《そうげつ》は一般人を避難させられなかったわけじゃねぇ。あえて残させたんだ」

　オロチは目を細めつつ、その真意を話す。

「――街の人間は百鬼夜行の餌さ」

「餌《えさ》？」

「百鬼夜行は何もかも飲み込み、増殖《ぞうしょく》していく。だが、無機物を捕食した場合の増殖率はそこまで高くねぇ」

　着物の懐《ふところ》に両手を入れて腕《うで》を組み、オロチは淡々と続けた。

「アレは生物……特に人間を取り込んだ時が一番増殖すんだよ。鬼《おに》ってのは昔話にあるように、本来は人間を喰《く》う幻想生物だ。その性質は草薙の先祖が体内に封印《ふういん》しても変わっちゃいねぇ」

　話を聞きながらも、マザーは眉間《みけん》に皺《しわ》を寄せた。

「……あの男は、一五〇年前と同じことをしようというのですね」

「…………」

「あなたと草薙ミコトの時と同じように……あの兄妹《きょうだい》を使って、神狩《かみが》りを完成させるつもりなのでしょう」

　一五〇年前。その言葉に、オロチの胸が疼《うず》いた。

第一次魔女《まじょ》狩り戦争の記憶《きおく》は、まるで昨日のことのように思い出せた。

今でも鮮明《せんめい》に脳裏《のうり》に焼きついている。

姉である草薙ミコトを殺した時のことも、何もかも死に絶えた世界を作ったのが自分だと自覚した時の絶望も、鳳《おお》颯《とり》月の掌《てのひら》の上で踊《おど》らされていたことを知った時の憤怒《ふんぬ》も、全て覚えている。

だからこそ言えることがある。

「あいつは……タケルは俺様と同じにはならねぇよ」

オロチは目を細めたまま、口元に笑《え》みを浮かべて呟《つぶや》いた。

草薙オロチと草薙ミコト。

草薙タケルと草薙キセキ。

この二つの悲劇は、似ているようでまるで違う。

何故ならば、オロチに出来なかったことを、タケルはすでに成し遂《と》げているからだ。

タケルは自分とは違う。

あいつは自分と同じ想《おも》いを背負いはしない。

でもだからこそ——今宵《こよい》タケルは、オロチの前に立ちはだかるだろう。

小さく笑って、オロチは頭を切り換《か》えた。

「ま、敵がそういうつもりなら、こっちがやることは一つだろ」

「?」

「餌を喰われる前に、こっちが喰う」

オロチの笑みが邪悪《じゃあく》に染まるのを、マザーは見た。

「……それはつまり、この街の一般人を優先的に処分するということですか?」

「人間喰いまくって肥えた百鬼夜行の相手をするのは面倒《めんどう》だからな。だが処分って言い方はよくねぇ……文字通りちゃんと喰うつもりだぜ?」

容赦《ようしゃ》のない言葉に、マザーが微《かす》かに顔をしかめた。

「なんだよ? いまさら善悪なんざ説《と》くのか?」

「……いえ」

「人間達が死のうが生きようが、俺様達の目的が果たされれば全て元通りになる。そうだろう?」

マザーは目を閉じる。

「あなたには、良心の呵責《かしやく》というものはないのですか?」

少しだけ悲しそうに、寂《さび》しそうにマザーは言った。

オロチは答える。

吐き捨てるように笑いながら、断言する。

冷ややかに、冷徹《れいてつ》に、まるで鬼のように。

「ないよ、んなもん。俺様は元からこういう人間だ。今も、昔も、生まれた頃《ころ》から心底身勝手なつもりだ」

「…………」

「俺様は自分の目的が果たせれば世界がどうなろうと知ったこっちゃない。お前さんもそれをわかってて俺様と契約《けいやく》を交《か》わしたんだろう」

「…………」

「割り切れよ。世界を書き換えるんだろうが」

オロチのその一言にマザーは目を開いた。

そして両膝《りょうひざ》をつき、祈《いの》るように両手を合わせる。

まるで懺悔《ざんげ》でもしているかのようだった。

「──元より、そのつもりです。この世界は間違っている。我々が正さなければ……たとえどのような咎《とが》を背負おうとも」

マザーはうつむき、唇《くちびる》を震《ふる》わせる。

同時に、巨大《きょだい》な白い魔法陣《まほうじん》が屋上の床《ゆか》に出現した。

【刻《とき》は満ちた。死者には煤《すす》けた腐肉《ふにく》を、亡者《もうじゃ》には牝山羊《めやぎ》の凝血《ぎょうけつ》を与《あた》えん。三度の凱歌《がいか》を欲《ほっ》するならば、行軍の足並みを止めるなかれ。此処《ここ》より先に栄光は在《あ》らず、此処より先に堕《だ》落《らく》は無い。ただ凱旋《がいせん》のみを求めるならば応《こた》えよ

——戦乙女《いくさおとめ》が喚《よ》んでいる】

それは詠唱《えいしょう》だった。

召喚魔法の中でも上位も上位。数多《あまた》の生け贄《にえ》を捧《ささ》げなければ実現できない禁術、《英雄召喚》である。

魔法陣が稲光《いなびかり》を伴《ともな》い、地上から亡者のように巨大な人型が這《は》い出てくる。

その数、一〇〇あまり。

姿形こそ機械人形のそれだが、かつてホーンテッドが喚び出した英雄《エインヘリヤル》、アーサー王と同じ存在である。

宿る魂《たましい》と魔力は、自我を持たないながらも本物の英雄《エインヘリヤル》だ。英雄召喚は死者の魂を喚び出し、魔導竜騎兵《りゅうきへい》に定着させることで実現する。魂のみとはいえ、人が使用できるクラスの魔法ではない。ホーンテッドが使用したのはマザーグースが用意した呪符《インスタント》によるもので

しかない。

彼女こそが、英雄召喚を生け贄無しで不完全ながらも実現できる唯一《ゆいいつ》の存在。古代属性《エンシエントプロパティ》『神威《かむい》』を持つ、神器《じんぎ》『グングニル』なのである。

「何度見ても、お前さんの喚び出す英雄《エインヘリヤル》は気にくわねぇ。歴戦の勇士達も、こんなゾンビにもなれねぇような木偶《でく》人形にされちゃ敵《かな》わねぇだろうな」

「仕方のないことです。私単体では完全な英雄召喚など不可能ですので。ともあれ、戦力には申し分無いでしょう」

「ふん、なるほど……割り切ってるじゃねぇか」

「私はあなたと契約したその瞬間《しゅんかん》から、全《すべ》て割り切っていますよ」

その言葉が嘘《うそ》ではないことが、オロチにはわかる。

彼女とは一五〇年来の付き合いだ。契約を結ぶ前から、同じ光景を見てきた。

でも二人は決して重ならない。

互《たが》いを理解していながらも、同じ道を歩くわけではなかった。

ただ進む方向が一緒《いっしょ》なだけで、別々の道を歩いている。

二人にとって契約など目的を果たすための足がかりでしかない。

これが魔導遺産と契約者の理想的な関係であるということを、オロチとマザーは確信していた。

ミスティルテイン……ラピスとタケルの関係とはほど遠い。

「………………」

オロチはタケルにミスティルテインとの絆《きずな》を深めろと言った。

それは自分とは違う道を歩んで欲しかったからに他《ほか》ならない。

何故そんな気持ちになったのか。タケルとミスティルテインが深い絆で結ばれることは、オロチにとって何の得にもならない。

そう思うに至った理由は、オロチにははっきりとわかっていた。

過去の自分とタケルの姿を思い浮《う》かべて、オロチは腰《こし》の刀を引き抜《ぬ》く。

そして、

「さて……そんじゃまあ、掃除《そうじ》といくか」

業《ごう》を背負いし悲しき鬼は、殺戮を開始するのだった。

第二章　草薙《くさなぎ》の血

＊＊＊

タケルの父がオロチの元を訪《たず》ねてきたのは、一〇年前のことだった。

面識は無かった。戦後幻想教団《ヴァルハラ》から身を引き、旧日本の山奥で隠居《いんきょ》生活のようなものを送っていたオロチからしてみれば、諸刃《もろは》流からも真明《しんめい》流からも破門された自分の元へ草薙の人間が訪ねてくるとは思ってもみなかった。

戦後、草薙家はオロチの弟が跡継《あとつ》ぎとなり、細々と子孫を残していたのは知っていたが、タケルの父の話ではどうやら衰退《すいたい》の一途《いっと》を辿《たど》り、貧窮《ひんきゅう》しているとのことだった。

今となっては息子《むすこ》と自分以外に草薙の血は残っていない……タケルの父は薪《まき》を割るオロチの前で正座をしながら、草薙家の近況《きんきょう》を語った。

どうでもいい、というのがオロチの結論だった。

草薙の血が途絶《とだ》えて鬼《おに》が解放され、世界が鬼で溢《あふ》れようと、自分には関係のないことだ。

呪《のろ》うのであれば人の身に鬼を封《ふう》じようとした先祖と陰陽師《おんみょうじ》を恨《うら》むべきだと、オロチは鼻で笑った。

『ここに来たのは金のためか？　見てわかるだろうが金ならねぇよ。それとも鬼を解放させないために他所《よそ》で女こまして子供でも作れってか？　冗談《じょうだん》じゃねぇぞ』

オロチは呆《あき》れながら斧《おの》で薪を思い切り叩《たた》き割った。

『いまさら戻《もど》るつもりもねぇし、草薙の人間がどうなろうと、世界がどうなろうと知ったことじゃねぇんだよ』

オロチはもう草薙家のしきたりに縛《しば》られることも、戦争に関《かか》わることも、誰《だれ》かに利用されることも二度と御免《ごめん》だった。

一〇〇年以上経《た》っても、姉であるミコトを殺した時の感触《かんしょく》と、ミコトの安らいだような表情が忘れられない。

ミコトは確かに笑っていた。神狩《かみが》り化の影響《えいきょう》で魂を喰《く》われ、もはや自我など消え失《う》せていたはずなのに……心の臓をオロチに貫《つらぬ》かれる瞬間、笑っていたのだ。

オロチはミコトと約束していた。

もしもお前が自分を抑《おさ》えられなくなってしまったら、その時は俺が殺してやる。

まだ幼かったオロチがそう言うと、子供ながらに嬉《うれ》しそうにミコトは笑った。

——約束を守ってくれてありがとう。

死の間際《まぎわ》、彼女の唇は確かにそう囁《ささや》いていた。約束を交《か》わした時と同じ笑《え》みを浮かべながら……。

オロチはミコトの笑顔を毎夜夢に見て、血に染まった掌《てのひら》を見下ろすと同時に目覚める。目覚めた時に痛みも苦しみも悲しみも、夢ではなく実感としてのし掛《か》かってくる。

自分以外の人間に興味が無く、他人の顔すら覚えられなかったオロチに、唯一覚えていたいと思わせたのが彼女の笑顔だった。

その笑顔が、今はオロチを苦しめている。あんなにも愛《いと》おしかった笑顔が、愛おしいからこそ、オロチを苛《さいな》んでいた。

オロチにはミコトを殺すという選択肢《せんたくし》しかなかった。

だがあれは正しい選択だった。今も後悔《こうかい》はしていない。結果的に全てを失い、癒《い》えない傷を負ったとしてもだ。

あの時確かに、オロチはミコトと共に死んだのだ。

『帰れ。草薙にしてやれることは何も無い』

オロチが言うと、タケルの父は額を地面に押しつけて土下座をした。

くだらないことをするな。オロチがそう言おうとした時、タケルの父がここへやってきた本当の理由を口にした。

──私が娘《むすめ》を抑えることができなくなった時は、あなたに娘を殺してほしい。

──そしてどうかその後は、息子のことをあなたに託《たく》したいのです。

オロチはため息と共に立ち上がり、白く濁《にご》った瞳《ひとみ》を彼へ向けた。

『……帰れ。今すぐここから消えねぇと、この場で貴様を叩き斬《き》る』

オロチは静かな声で諭《さと》すように言った。

タケルの父が震え上がるのがわかった。オロチと彼では剣士《けんし》としてのレベルが天と地ほど違《ちが》うことを差し引いても、大前提として生物としての格が違う。それは吸血鬼《きゅうけつき》の細胞《さいぼう》を埋《う》め込んでいるというだけではなく、諸刃流の師範《しはん》という存在はその時点で既《すで》に人の域を超《こ》えているのだ。

普通《ふつう》の人間ならば彼の怒《いか》りを目《ま》の当たりにした時、その場にいるだけで立ちすくみ、恐怖《きょうふ》で気を失ってしまうだろう。

だがタケルの父は、それでも頭を上げようとはしなかった。

それでも引き返そうとはしなかった。

──後生《ごしょう》です……後生です……キセキを……あの不憫《ふびん》な子を……どうか……!

涙《なみだ》がしたたり落ちる音を、オロチは聞いた。

草薙家の人間ならば、生まれた女児を殺すのは父親の義務である。非道と思われようが、結果的に殺す方が報《むく》われるからだ。生き続けても魂と肉体の不一致《ふいっち》に苦しみ、制御《せいぎょ》できない鬼の身体《からだ》は他者を喰い殺す。そして精神は疲弊《ひへい》し、自我が失われた時、鬼は解放されてしまい、世界を飲み込む。その生き地獄《じごく》を味わわせ、世界を破滅《はめつ》に追い込むよりは、せめて父親の手で命を絶たれた方が救いがあるのだ。

タケルの父は愛する娘を殺すことができない不甲斐《ふがい》ない己《おのれ》を呪っているのだろう。責任も罪も背負うことができない自分を嘆《なげ》いているのだろう。

彼の涙はその全てを物語っている。

(……嘆くならば己自身ではなく、草薙の業《ごう》を嘆けばいいものを)

うんざりだった。同情も嘲《あざけ》りも出てこない。このような業を背負った家系に生まれたことを呪う。

草薙の人間として自分のすべきことは、ミコトを殺した時に終わっている。

これ以上の業を背負うつもりはない。

結局オロチは依頼《いらい》を断った。

タケルの父は門の前で土下座を続けたが、一週間後の早朝、背を丸めながら自分の家へ帰っていった。

——百鬼夜行《ひゃっきやこう》が暴走したのは、それから数年後のことだ。

オロチが山を下り、人里へやってきたのは五〇年ぶりだった。

虫の知らせや胸騒《むなさわ》ぎと呼ぶにはあまりにもはっきりとした予兆だった。自分の中の鬼が反応したのか、夢の中で血に濡《ぬ》れたミコトが、ある一点を指さしていた。

その方向は紛《まぎ》れもなく草薙家のあった場所だった。

自分には関係無いと言い聞かせても、身体は自然と草薙家へ向かっていた。

オロチがたどり着いた頃《ころ》には、草薙家と山間《やまあい》の村は火に包まれていた。

『…………』

オロチは燃える屋敷《やしき》を通り過ぎ、そのまま裏手の崖《がけ》へと歩みゆく。露《つゆ》に濡れた茂《しげ》みの草を踏《ふ》みしめて歩く度《たび》に、脳裏《のうり》をミコトの悲劇が過《よ》ぎった。

藪《やぶ》が開けて、崖が現れる。

そこには、少年が膝《ひざ》をつきながら燃ゆる村を見下ろしていた。

この子供が草薙タケル。審問《しんもん》会のヘリが去っていったところを見るに、妹の方は捕縛《ほばく》されたと見て間違いない。

オロチは少年のそばへ歩み寄った。

そして、少年の横に立ちながら、燃える村を眺《なが》めた。

村は酷《ひど》い有様だ。審問会が百鬼夜行を殺し尽《つ》くすために多大な犠牲《ぎせい》を払《はら》った上で、あらゆる手段を用いた結果がこの炎《ほのお》だ。

『お前、タケルだな？』

オロチが声をかけても、タケルは俯《うつむ》いたまま何も返さなかった。

下を向いて震《ふる》えているその姿に、オロチは眉間《みけん》に皺《しわ》を寄せた。

何が起こったのかはわかりきっていた。

この少年は、何も選ばなかったのだ。

いや、選べなかったのだろう。

妹を殺すこともできず、殺そうとすることもせず、守ることもできなかった。

見ればわかる。この背中は、そういう背中だ。

故《ゆえ》に、情けや同情をくれてやってもこの少年のためにはならないだろう。

オロチはおもむろにタケルの髪《かみ》を摑《つか》み上げて、目の前の地獄を無理矢理目に焼きつけさせた。

『──覚えとけタケル。何も決断しないという選択が招いた結果を、目に焼きつけろ。絶対に逃《に》げるんじゃねぇ』

何も見えずとも、音の反響《はんきょう》で少年の姿は手に取るように視《み》えた。

涙すら乾《かわ》き、その瞳は光を失っていた。村から昇《のぼ》る炎すら、彼の目には映っていない。

オロチは少年から手を離《はな》すと、腰《こし》から刀を引き抜《ぬ》いて少年の目の前に振《ふ》り下ろした。

少年の前髪《まえがみ》が一房《ひとふさ》、はらりと地面に落ちる。

『百鬼夜行の呪いを解く術《すべ》は無い。ここで草薙の血が絶えれば世界に災厄《さいやく》が降りかかるだろう。だが、俺様はそんなことはしらねぇしどうでもいい。だからお前さんに選ぶ権利をくれてやる』

『…………』

『ここで終わらせるか、続けるか。逃げずに選べ、ガキ』

少年の目の前で、刃《は》が返される。

炎を反射して赤く燃ゆる刀身に、俯く少年の顔が映る。

抜け殻《がら》と化したまま、少年はおもむろにその刀身を両手で摑んだ。

刃を血が伝い、地面を汚《よご》す。

『……生き……たい』

その答えは、オロチの予想とは反していた。

生きるという選択をした少年の心中はオロチにはわからなかった。絶望の中での生への執着《しゅうちゃく》が、いったい何を意味するのか。

少しだけ、気になった。

オロチは目を閉じて、膝を地面について少年の前にしゃがみこんだ。

『なら生きさせてやる。だが、俺様からお前さんに教えてやることは何も無い。それだけは忘れるな』

オロチは少年の胸《むな》ぐらを片手で摑み、そのまま彼を肩《かた》に担《かつ》いだ。


『――なんで諸刃流を学びたいんだ？』

タケルが剣術の教えを請《こ》うてきたのは、彼を引き取ってからひと月後のことだった。

猪口《ちょこ》に入った濁り酒を呷《あお》りながら、しゃっくりなんぞしつつオロチはタケルに問うた。

七日間土下座を続けられても相手にしなかったオロチだが、ほろ酔《よ》いついでに興味本位で聞いてみたのだ。

頭を下げていたタケルが顔を上げる。

『強くなりたいから』

『なんで強くなりたい？　諸刃流が何の剣術か、お前さん知ってんのか？』

『化け物を斬るための剣術』

『違う。鬼《おに》を斬るための剣だ。鬼ってのはつまり――草薙だ』

徳利から酒を注《つ》ぎつつ、オロチはタケルを視た。

タケルはまっすぐにオロチを見返しながら、口を一文字に結んだ。

オロチの言葉の意味は伝わっただろう。つまり、「諸刃流はお前の妹を殺すための剣術だ」と言っているのだ。

お前は自分の妹を殺すために諸刃流を学ぶのか、と問うている。

『……俺は』

タケルは膝の上に置いた手で拳《こぶし》を作り、眉間に皺を寄せながらはっきりと告げる。

『俺は……キセキを守るために、諸刃流を学びたいんだ！』

オロチは一瞬《いっしゅん》きょとんとした後、高らかに笑った。

『ワッハハハハハハハハハ！　守る⁉　諸刃流の剣術でか⁉　馬鹿《ばか》言うなよタケル』

『なんでだよ！　草薙諸刃流は昔は最強の剣術だったんだろう⁉　化け物が殺せるなら妹を守ることだって……！』

『最強の剣術だったのは対人用の真明流の方だ。諸刃流が人前で振るわれたことはねぇよ』

『でも……あんた強いだろ!? 諸刃流は強いんだろ!?』

必死に請うてくるタケルに、オロチは苦笑《くしょう》する。

『妹を守るったって、いったい何から守るんだ？』

『……それは』

『苦しめているのは妹の身体そのものだ。諸刃流を使って妹を守るってことは、妹に刃を向けるってことだろ。矛盾《むじゅん》もいいとこだな』

傑作《けっさく》だよと笑って、オロチは酒を呷る。

諸刃流は活人剣でもなければ殺人剣でもない。異形を斬り殺すための異形の剣だ。そんなもので人を守れたためしはなかった。

『それとも審問会から妹を守ろうってか？ 言っとくが、諸刃流を会得《えとく》したところで審問会に太刀《たち》打ちできるとか思うんじゃねぇよ。剣術が時代遅《おく》れなのは事実だ。武道としてならば誇《ほこ》りある立派な代物《しろもの》だが、命のやりとりをするにはあまりに貧弱《ひんじゃく》』

『…………』

『銃《じゅう》で武装した審問会にとっちゃ、剣なんて鉄屑《てつくず》同然なんだよ。妹を取り戻《もど》そうとか、守ろうとか、そんなもんは夢物語だ。諦《あきら》めろ』

肘《ひじ》掛《か》けに頬杖《ほおづえ》をつきながらオロチが鼻で笑うと、タケルの形相が変わった。

にじみ出るような怒《いか》りが、顔の皺一つ一つから溢《あふ》れ出ている。

オロチはますます嘲笑《ちょうしょう》した。

『怒《おこ》ったのか？　剣のこと以外で怒るな、感情を表に出すな……家訓通りか。一丁前に草薙の名を背負ってるつもりかよ』

『…………！』

『草薙の気性《きしょう》なんざ、世間様からみりゃあ生まれ持っての人格破綻《はたん》者か精神異常者の犯罪者予備軍だろうが。もうちっとそのへん自覚して、剣なんか学ばねぇで山奥で人知れずこっそりと生きてひっそりと死んでいけ。それが世のため人のため、そんでもって自分のためだ』

煽《あお》りに煽ってから、オロチは欠伸《あくび》をしてみせた。

『さっきなんつった……⁉　鉄屑だと⁉』

タケルは血が滲《にじ》むほどに拳を握《にぎ》りしめてから、床《ゆか》に置いていた刀を手にとって立ち上がった。

『剣術を……馬鹿にするんじゃねぇ……！』

鞘《さや》から刀を引き抜き、オロチへ向ける。

オロチはまったく動じた風もなく、酒を楽しみつつニヤリと笑った。

『そうこなくっちゃなぁ。いいぜ、俺に一太刀でも浴びせられりゃ、お前さんに諸刃流をくれてやるよ』

『……上等だ、クソジジイ』

『そのかわり殺すつもりでこないと死ぬから覚悟《かくご》しとけ。諸刃流に加減はねぇんだ』

言われなくてもそのつもりだと言わんばかりのタケルに、オロチは楽しげに笑うのだった。

＊＊＊

一〇分後。

タケルは息も絶え絶えの状態で地面に転がっていた。

湿《しめ》った草木に身体《からだ》を横たえながら、満天の星空を見上げている。

蛍《ホタル》が空中を飛ぶのを目で追うと、自分を見下ろしてくるオロチの姿があった。

『弱いな、タケル』

何も言い返せない。父から真明流を教わり、子供ながらに自信はあった。大人が相手だろうと他の流派の剣術《けんじゅつ》に負けはしない。最強の剣士の家系である草薙の長男として、血反《ちへ》吐《ど》を吐《は》くほどの努力をしてきた。

……勝てるとは思っていなかった。見ただけで、オロチが強大なのがわかった。タケルが蟻《あり》ならば、オロチは龍《りゅう》だ。それほどまでに実力が違《ちが》う。

だけどもう少し、刃向《はむ》かえると思っていた。

実際は相手の刃の煌《きら》めきすら見えなかった。

『両腕《りょうう》両足《で》を複雑骨折。肋《あばら》はほぼ粉砕《ふんさい》。背骨も痛めたな。ほっときゃ死ぬ。それだけの重傷を負ったんだ』

『…………』

『これが諸刃流だ。その傷の数々が、諸刃流を学ぶということがどういうことなのかを意味している。諸刃流は会得するまでに命を落とす確率が高い。そのわりに得るものはあまりに少ない』

『…………』

『悪いことは言わん。生きていたいのならやめておけ』

オロチは刀を鞘へ収め、タケルを介抱《かいほう》しようとした。

タケルが折れた刀を手に握ろうとしていたのがわかって、オロチは伸《の》ばした手を止める。動けるはずがなかった。オロチの打ち込みのせいで両足両腕を骨折しているのだ。手に力は入らないし、立ち上がることなどできようはずもない。

タケルは刀を握ることができないとわかるや否《いな》や、首を伸ばして折れた刀を歯と歯の間に咥《くわ》えた。

タケルは芋虫《いもむし》のように這《は》いながらオロチの足下《あしもと》までやってきて、懸命《けんめい》に首を振るって斬《き》りつけようとしている。

オロチはもう笑いはしなかった。

『……う……うぅ……うぅぅ……っ』

タケルの目に涙《なみだ》が滲んでいるのがわかった。

刀を咥えたまま、しゃべりづらそうにタケルが声を吐く。

『お、俺、に……できること……これしか……ないんだ……』

『……………』

『キセキとの約束、破った……だから……今度は……ちゃんとしないといけないんだ』

『……………』

『俺はあいつの……兄ちゃんだから……約束したから……必ず……救うって……』

口から刀が離れて、タケルはくしゃくしゃの顔を地面に押しつけて涙する。

『俺は……このまま何もしないで生きていくなんて耐《た》えられない……っ、あいつのために何もできないなら……生きていたってしょうがないんだ……っ！』

『…………』

『強くなることしか……俺には、できないんだ……っ』

縋《すが》り付こうとするタケルを見下ろしながら、オロチは静かに目を閉じる。

強くなることしかできない。

自分もそうだった。それしかなかった。強さだけを求めてミコトを置いて戦乱の世へ飛び出し、強さだけを求めて吸血鬼《きゆうけつき》の細胞《さいぼう》すら体内に埋《う》め込んだ。

何のためになど考えたことはなかった。強くなることが好きなだけだと自分を納得《なつとく》させていた。強さを求める純粋《じゆんすい》さ以外に理由など不要、理由があっては強くなれない。そう思ってきた。

でも今ならわかる。あの頃《ころ》の自分の根底にあったものは、強さを求める時に脳裏《のうり》を過《よ》ぎったのは、

――いつだってミコトの笑顔《えがお》だった。

あの笑顔を守るために強くなろうとしていたのだと、オロチは失って初めて気づいたのだ。

白く濁《にご》った瞳《ひとみ》でタケルを見下ろしながら、オロチは心を決めた。

こいつは強くなる。剣術の才覚も、身体の丈夫《じようぶ》さも、異常な執念《しゆうねん》も申し分無い。

それに加えて強くなりたいという果てのない欲求がある。

『……弟子《でし》なんざ取るような柄《がら》じゃないんだがな』

オロチは一度頭を掻《か》きむしって、小さくため息を吐《つ》いた。

帯に差した刀を外し、鞘ごと摑《つか》んだまま前へ差し出す。

そして、ギラつく瞳でタケルを見た。

『いいだろう。そこまで言うんなら——人間辞《や》めさせてやるよ、小僧《こぞう》……！』

こうして草薙タケルは諸刃流をオロチから伝授されることとなる。

その修行《しゅぎょう》がいかに常軌《じょうき》を逸《いっ》した地獄《じごく》であったかは、もはや語るまでもない。

＊＊＊

タケルがオロチの元を離《はな》れたのは、諸刃流の禁じ手である掃魔刀《そうまとう》を習得して間もなくのことだった。

掃魔刀を習得したことでタケルは諸刃流の皆伝《かいでん》を賜《たまわ》り、それを切っ掛《か》けにある話をオロチへ切り出した。

『俺、審問官《しんもん》になる』

木にハンモックを吊《つ》って昼寝《ひるね》をしていたオロチは、日除《ひよ》けのための本を顔からどけて、じろりとタケルを睨《にら》んだ。

タケルの喉《のど》がごくりと鳴る。オロチが目を開けている時は、たいてい腸《はらわた》が煮《に》えくりかえりそうなほどに怒っているのだ。

『そいつぁどういう了見《りようけん》だ？』

『俺なりに考えたんです。妹を守るために何をすべきかを』

『敵地に潜《もぐ》り込んで妹を取り戻そうってんならやめとけ。死ぬだけだ』

タケルは拳《こぶし》を握って下を向いた。

『俺だってそこまで馬鹿《ばか》じゃないです。そんなことが不可能なことぐらいわかってる』

『じゃあなんで審問官になんざなろうってんだ』

オロチにとって審問会は敵だ。ミコトを拷問《ごうもん》の果てに戦争の道具にし、最後には死へと追いやった。

別に審問会そのものに恨《うら》みがあるわけではないが、師匠《ししよう》としては「はいそうですか」と行かせてやるわけにはいかなかった。

タケルが顔を上げて、まっすぐにオロチを見る。

『……妹が普通《ふつう》に暮らせるように、俺は世界を変えるんだ』

………。

微妙《びみよう》な間の後、はぁ？　とでも言いたげな顔でオロチが表情を崩《くず》した。

『……お前にできるの剣術だけよね？』

『うん』

『他《ほか》に何の才能もないっていうか、もう無能な上に人格破綻者よね？』

『うん』

『なのに剣術で世界を変えるのか？』

『うん』

『お前馬鹿じゃねぇの？』

オロチは真顔で盛大《せいだい》に馬鹿にした。

『なんでだよ！』

『剣なんかで世界が変わるわけねぇだろ』

『剣なんかでって言うな。俺はこの力で審問会のトップに立つんだ。そんで妹が普通の生活を送れるようにする』

『お前馬鹿じゃねぇの？』

『なんでだよ！』

話は堂々《どうどう》巡《めぐ》りだった。さすがのオロチも呆《あき》れ返っていたが、タケルは引かなかった。

『馬鹿でも……審問官になれば……キセキのそばにいられる』

やるせない気持ちが滲《にじ》み出たような、悔《くや》しげな表情をしていた。

自分なりに精一杯《せいいっぱい》考えたのだろう。審問会に捕《と》らえられたキセキに会うには、関係者になる以外に道はない。キセキが今どういう状況《じょうきょう》にあるのかはわからないが、一般《いっぱん》人が面会できるような立場にはないはずだ。

最初に言った夢物語もこの馬鹿正直な少年に限って嘘《うそ》ではないのだろうが、キセキのそばにいるために審問官になるというのはあながち間違いではないのかもしれない。

『…………』

こいつはこいつなりに足掻《あが》こうとしている。第一線から退き、役目は終わったと見切りをつけて時間を無為《むい》に費《つい》やしていた自分に、こいつを止める権利などあるのだろうか？

絶望的な状況でも少しでも前へ進もうとするこいつは、失意に沈《しず》んで山奥に引きこもっている自分よりよっぽど上等なのではないか？

オロチは木漏《こも》れ日を浴びながら、静かに息を吐いた。

『免許《めんきょ》をくれてやったんだ……俺様からお前さんに教えてやれることはもう残っちゃいねえか』

『じゃ、じゃあ！』

『どこへでも好きに行ってしまえ。そんかし二度と帰ってくるんじゃねぇぞ』

しっしっ、と手を払《はら》って、再び本を日除けにして速行《そっこう》でいびきをかき始める。

タケルはしばらくその場に立っていたようだったが、やがて背筋を伸ばして、恭《うやうや》しく頭を下げた。

『……今まで、お世話になりました。師匠』

柄にもないことを言いやがる、とオロチは思った。

去っていくタケルの足音を聞きながら、不思議と悪い気はしない自分にオロチは苦笑《くしょう》する。

本をどけて、眠《ねむ》たげな顔で木の葉の隙間《すきま》から覗《のぞ》く太陽を見上げる。

師匠として止めてやるべきだったかもしれない。タケルが対魔導学園へ行けば、必ず鳳《おおとり》颯月《そうげつ》は目をつけるはずだ。百鬼夜行《ひゃっきやこう》の身体《からだ》を持つ草薙の少女と、鬼《おに》の魂《たましい》を持つ草薙の少年の両方を手に入れられるのだから……あの男が動かないはずがなかった。

だが、タケルに待ち受けている運命がどういうものなのか、オロチには容易に想像できた。

だが、こちらが何を言おうと一度決めたら引き下がらないのが草薙の男だ。タケルも例外ではないし、この二年間の修行中に彼がどれだけ頑固者《がんこ》なのかをオロチはよくよく理解した。

何を言っても聞かずに突《つ》っ走るに決まっている。

『…………』

昔の自分を思い返しながら、オロチは太陽に手をかざす。

視力を失った今でも、太陽の光の強さは手を伝わる熱でわかる。まるでこのギラつく太陽のように、周りを焦《こ》がしながら突き進んでいた頃が自分にもあった。

今は無駄に時間を費やしているだけだ。


——そろそろ、もういいのではないか？

オロチは太陽をつかみ取るように拳を作った。

『……また始めるか……』

凍《こお》りついていた胸の奥の何かが、再び燃えたぎるのを感じた。

かつての自分のように、今一度走るのも悪くない。

オロチは楽しげに口元を歪《ゆが》めて考える。

無念を払拭《ふっしょく》するには何をすればいいかを考える。

復讐《ふくしゅう》、報復、悪くない。鳳颯月を殺すために審問会を敵に回して暴れるのも悪くない。

成功しようが失敗して死のうがきっとスカッとするだろう。復讐の動機なんてそれで十分だ。綺麗事《きれいごと》なんざ糞喰《くそく》らえである。

このまま無為に生きながらえるくらいなら、華々《はなばな》しく散ってみるか。

オロチはくつくつと笑いながらそんなことを夢想する。

しかし——もっと邪悪《じゃあく》で、全《すべ》てを取り戻《もど》す方法があることを、オロチは知っていた。

『……お久しぶりです、草薙オロチさん』

声に気づいて顔を上げると、懐《なつ》かしい匂《にお》いがした。

ジャスミンのような白い花を連想させる香《かお》りだった。

一五〇年経過した今でも、血の香りを混ぜるといっそう匂い立つこの香りを、忘れられるわけがなかった。

オロチはハンモックから下りて、彼女と向かい合う。

マザーグースと向かい合う。

『相変わらず、すげぇタイミングで現れるんだな』

『ええ。あなたに呼ばれた気がしましたので』

いつもの無表情でそんなことを言われて、オロチは苦笑する。戦後すぐに彼女からは契《けい》約《やく》の打診《だしん》をされていたが、その時は断った。

でも、今なら。

『一五〇年前は俺様と契約したいって話だったな。ありゃまだ有効か？』

邪悪な笑《え》みを浮《う》かべて、オロチは輝《かがや》きを取り戻した白瞳《はくどう》をマザーへ向けるのだった。

＊＊＊

「…………」

タケルは頭痛と共に目を覚ました。

オロチとの記《き》憶《おく》が夢に出てきたが、夢の余《よ》韻《いん》に浸《ひた》る間もなく、目覚めた瞬間《しゅんかん》に周囲がスローになった。

蓋《ふた》を閉じるイメージでなんとか暴走を抑《おさ》え込む。

眠っていたのに疲《つか》れは取れていないどころか、脳が前にも増して悲鳴を上げている。

時計を見ると一時間が経過していた。

「……目が覚めたか。治療《ちりょう》中、ずいぶんとうなされていたようだが」

ベッドの横ではセージが壁《かべ》に背を預けて立っており、見覚えのある神々の残火の女性隊員がぺこりとお辞儀《じぎ》をしてタケルのそばから離《はな》れた。

ここは境界線《ボーダー》の廃《はい》ホテルの一室だ。

臨界点《クリティカルポイント》を脱出《だっしゅつ》した後、タケル達はセージ達と共にいったん身を隠《かく》した。疲弊《ひへい》した身体を癒《いや》すために残火の隊員から治療を受け、現在に至る。

「みんなは？」

「別室で休息を取らせている。皆《みな》軽傷だ」

「そうか……よかった」

安堵《あんど》して笑ってみせるも、その顔にはくっきりと疲れが残っていた。

セージは探《さぐ》るような目つきでタケルを見ていた。

「よくはない。貴殿《きでん》は重傷どころの話ではなかった。魔導《まどう》遺産の補助がなければ確実に死んでいた。生きているのが不思議な状態だったのだ」

「……丈夫《じょうぶ》さだけが取り柄《え》でね」

「私が言っているのは身体へのダメージだけではない、脳へのダメージの話をしている」

セージが目を鋭《するど》く細めた。

「……貴殿の脳は異常な状態にある。普通の人間の脳の稼働率《かどうりつ》は一〇パーセント程度だが、貴殿は四〇パーセント以上……強化魔法でも、ここまで脳の稼働率を跳《は》ね上げることは不可能だ。どういう技術を使用している？」

「剣術《けんじゅつ》……っつっても説得力無いか。まあ、連続使用しなければ大丈夫《だいじょうぶ》だ。今はちょっと……酷使《こくし》しすぎただけで」

「そのままの状態が続けば死ぬぞ。私の目をごまかせると思うな」

強い語気で言われて、タケルは少し面食《めんく》らう。

「心配してくれてんのか？　意外と優《やさ》しいな」

「違《ちが》う。貴殿が戦争を止めるための重要なファクターであることは承知している。今死なれては困るのだ」

「………………」

「我々は目的を果たしたが、世界がこのまま戦争を続ければ何もかも無駄《むだ》になる。我々の戦いはまだ終わってなどいないのだ」

セージは壁から背を離し、腕《うで》を組んだままベッドのタケルを見下ろす。

「目的が重なるのならば、たとえいつか敵同士になろうとも互《たが》いを全力で助け合うと約束したはずだ。あの誓《ちか》い、忘れたとは言わせぬぞ」

セージの瞳《ひとみ》には優しさも、情も無い。ただ必要だから手を差し伸《の》べているということがはっきりと伝わってくる。

タケルは少しだけ目を細めて、自分の掌《てのひら》に視線を落とす。掃魔《そうま》刀《とう》の暴走を制御《せいぎょ》しているはずなのに、視界がぶれて掌が二重に見えた。

セージの言う通り、この状態が続けば命に関《かか》わるのだろう。

だが……。

「死んだりしねぇよ……死ぬもんか」

生きるために、この力は必要だ。

「俺は生きていたいんだよ……何があっても、死にたくねぇ」

キセキとの約束を破ってまで生きながらえたこの命を、そう簡単に散らせるわけにはいかない。

「意地でも、何がなんでも、どんな手を使ってでも俺は」

タケルはキセキへ宣戦布告したことを思い出しながら、顔を上げて気を引き締《し》めた。

「俺は生き延びて、全部全部救ってみせる」

彼の中に宿るのは、紛《まぎ》れもなく鬼の魂だ。

草薙家の男は生まれながらに気性《きしょう》が荒《あら》い頑固者。それは魂が人ではなく鬼のそれであるからだと言われている。ただ一つの欲求をひたすらに求めようとする鬼の性質は、狂気《きょうき》と呼ぶに相応《ふさわ》しい。

タケルはそんな自分の魂を否定しようとは思わなかった。

今は誇《ほこ》りに思い、頼《たよ》りにもしている。

決して折れない鬼の魂を。

「……話には聞いていたが、貴殿はとんだ頑固者だな」

「よく言われる」

タケルが軽口を返すと、セージは小さく笑った。

これ以上は何も言うまい、とでもいうように。

「一時間後に今後について話し合う予定だ。それまでは身体を休めておけ」

セージは部屋を出て行くためにドアノブに手をかけた。

「……今まで以上に苛《か》烈《れつ》な戦いが待っているだろう。覚悟《かくご》はしておけ」

そう言い残し、セージは部屋を後にした。

残されたタケルは、臨界点《クリティカルポイント》を脱出する時に見えた街の光景を思い出す。

戦争はついに始まってしまった。かつての日常は消え失《う》せた。世界は確実に破滅《はめつ》へと向かっている。

止めなければならない。どんな方法を使ってでも。

タケルは戦いに備えて目を閉じる。

今は少しでも力を温存しなければならない。セージの言う通りタケルの脳は楽観視できるような状態ではなかった。

目を閉じてなるべく脳への負担を減らすように努《つと》めた。

だが、もう眠《ねむ》ることはできない。

眠ってしまえばまた掃魔刀の制御が解けてしまう。

眠っている間も暴走は止まっていなかったのだ。

セージには黙《だま》っていたが、たった一時間の睡眠《すいみん》でも、タケルには何年も眠り続けていたような奇妙《きみよう》な感覚があった。そのくせ全く疲労《ひろう》は取れていない。身体《からだ》ではなく、脳が疲れ切ってしまっていた。

この問題への対処は戦いが終わってから考えるしかない。

鐵隼人《くろがねはやと》は言っていた。お前が相手にしようとしているのは、想像を絶する強大な存在なのだと。

今の状態は寿命《じゆみよう》を縮めるのだろうが……化け物じみた強さの敵と戦うには、暴走状態であろうと掃魔刀の力が必要だった。

＊＊＊

タケルが別室で治療を受けている間、桜花《おうか》達もまた休息を取っていた。

桜花はテーブルの椅子《いす》に腰掛《こしか》けながら、鐵隼人から受け取った峰城和眞《みねしろかずま》の文書に目を通していた。

「どうです？　ちゃんと読めますの？」

紅茶をお盆《ぼん》に載《の》せて運んできたうさぎが、文書を覗《のぞ》き込みながらテーブルにカップを置く。

桜花はうさぎに礼を言って、カップを手に取った。

「難しいな……」

しぶい顔の桜花の対面で頬杖《ほおづえ》をついていた斑鳩《いかるが》が、ミントキャンディーを指先でくるくると遊ばせる。

「暗号化か……まあ、当然と言えば当然よねぇ」

「でも、あの鐵って人はちゃんと読めてたんでしょ？　エグゼが使っているものとは違うの？」

ベッドにうつぶせに寝転《ねころ》びながら、足をパタパタさせつつマリが問う。

難しい顔で文書と睨《にら》めっこしていた桜花は、紅茶を一口飲むとため息を吐《つ》いた。

「エグゼ内部で使用されていた暗号に近いが……かなりアレンジされている。隊長や副隊長が使用していたものだろう。隊員でしかなかった私には全《すべ》てを読み解くことはできないようだ」

「あんたが読めないってことは、よっぽど複雑で難解なんでしょうね。その分だと大野木《おおのぎ》さんでも無理か～。生徒会長も何してるかわかんないし……」

異端《いたん》同盟の一員なのだからまず文書に目を通すのはトップであるべきなのだが、流《なが》がどうなったのかを知る者はこの中にいない。

異端同盟の人員は全員本拠地《ほんきょち》から撤退《てったい》したらしいのだが、当然転送先は審問《しんもん》会本部のあるこの街からは離れている。合流するには時間がかかる上に、戦争状態に陥《おちい》っている今この時には難しいだろう。

ホテルに身を隠したのはいいが、現地にいるのは第六近衛《このえ》と第七学徒分隊、そして三五小隊だけだ。今後の方針については同盟メンバーの転送先への通信で相談するしかなかった。

不意に、桜花が椅子から立ち上がった。

「文書を少し預からせてもらっていいだろうか？　時間まで解読を試みてみる」

「構いませんけれど……なくさないでくださいましね？」

「私は暗号は専門外だしねぇ。ま、やるだけやってみなさいな」

桜花は踵《きびす》を返し、部屋から出て行こうとする。

ただ一人、マリだけが桜花に不審《ふしん》な視線を浴びせていた。

部屋を出た桜花は平静を装《よそお》いつつホテルの廊下《ろうか》を歩く。
額に浮《う》かんだ汗《あせ》を手で拭《ぬぐ》い、廊下の角を折れると同時にヴラドに呼びかけた。
「ヴラド……今タケルがどうしているかわかるか？」
《部屋に行って確かめればよかろう》
「そうするわけにはいかないから聞いているのだ」
《……神々の残火の隊員から治療《ちりよう》を受けた後、大人しく休息を取っているようだ。今のところ一人のようだが》
顎《あご》に手を当てて、桜花は思案する。
《ここからは魔力通信で会話を行うぞ。通信にフィルターをかけろ》
《すでに施《ほどこ》してある》
《……どうするべきだと思う？》
戦闘《せんとう》以外で桜花がヴラドに意見を求めることは珍《めずら》しい。それだけ測りかねる状況《じようきよう》だということだった。
というのも、桜花はすでに文書の内容を解読していたのである。エグゼの暗号にアレンジがされていたのは事実だが、一時期暗号を解くことを半ば趣味《しゆみ》にしていたことがあったのでこの手の仕事はお手の物なのだ。

文書の内容に驚《おどろ》かないはずがなかった。

鳳颯月がこの世界の神？

あの義父が？

いきなり信じろと言われても無理な話だった。確かにあの男はどうせ人間ではないと考えていたが、せいぜいが魔法使いか吸血鬼《きゅうけつき》くらいのものだと思っていた。

しかし事実なのだろう。世界衝《しょうとつ》突理論や実在していた『神話世界の断片《だんぺん》』、何より颯月が文書を自分達の手に渡《わた》らないように暗躍《あんやく》していたのが証拠《しょうこ》だ。

文書の内容が事実であると認識《にんしき》して、その上で桜花にはこの情報をどうしたらいいかわからなかった。

《仲間にはまだ伝えるべきではないだろう。混乱させては士気に関わる故》

《……しかし、鳳颯月を殺してはならないことを一刻も早く伝えるべきではないか？　あの男を殺せば世界は滅《ほろ》ぶ》

《神を殺せる者は限られている。神とは魔法生物……即《すなわ》ちこの世の物質では殺すことのできぬ存在だ。その点に関して案ずることはない》

ヴラドの言う通り、通常、魔法生物は人の手では殺せない。

この世界に生息している魔力を有した生物は幻想《げんそう》生物と呼ばれており殺傷が可能だが、異世界から魔力を対価に召喚《しょうかん》する魔法生物は根本的に性質が異なる。

この世界の理《ことわり》から外れ、現界という形で一時的に喚び出している存在を殺すことは不可能。魔力が切れると同時に元の世界へと自動的に帰還《きかん》するだけだ。

神と呼ばれる存在もまた魔法生物である。

問題は、神である鳳颯月が血と肉をもってこの世界に生きているということだ。

この世界の神。文書にはそう記されていた。

《ミスティルテインを与《あた》えて草薙タケルを神狩《かみが》りに昇華《しょうか》させようとしていたところを見るに、自殺すらできぬ存在なのだろう》

《…………》

《最優先で伝えるべき相手は、主《あるじ》にもわかっておろう？》

ヴラドの問いに、桜花は難しい顔をしながら口を噤《つぐ》んだ。

だがすぐに顔を上げて、心を決める。迷っている時間などないのだ。

「――そんなこったろうと思ってたわよ」

背後から声がして、桜花が短い悲鳴を上げながら振《ふ》り返る。

マリがジト目で立っていた。

「に、二階堂《にかいどう》……なななんの話をしている？」

あからさまに何かを隠《かく》しているような桜花の態度に、マリはため息を吐いた。

「何似合わない真似《まね》してんのよ。あと魔力《まりょく》通信駄々《だだも》漏れなんだけど？」

「ば、馬鹿《ばか》なっ、ヴラドはちゃんと暗号化して――」

「あたしを誰《だれ》だと思ってんの」

腰《こし》に手を当てながらこちらを見下すように顎を上げるマリ。

忘れていたわけではないが、迂闊《うかつ》だったと言わざるを得ない。

マリはこれでもそれなりに名の知れた魔女であり、攻撃《こうげき》魔法に特化しているとはいえ魔法のスペシャリストだ。

ジト目で気圧《けお》されながらも、桜花はヴラドに怒《いか》りの矛先《ほこさき》を向ける。

《……こういったことは専門外だと何度も言ったであろう》

ちょっと虫の居所が悪そうな声でヴラドが言った。

《ふざけるな！　最重要機密事項《じこう》だぞこれは！》

「だから駄々漏れなんだっつーの」

人差し指を鼻先に突《つ》きつけられて、桜花は上半身を仰《の》け反《ぞ》らせた。

この期《ご》に及《およ》んでどう言い訳したものかと考えていると、マリが表情を少しだけ和《やわ》らげた。

ジト目を止《や》めて呆《あき》れ顔になっている。

「別に責めてるわけじゃないわよ。さっきの話からして、みんなを混乱させたくないっていうあんたの気遣《きづか》いはわからないでもないから」

「…………二階堂」

「でも一人で背負うのは無しよ！　絶対みんなに伝えること！」

言われなくてもそうするつもりだったと言おうとして、桜花は押し黙った。

これではまるでタケルみたいではないか、と。

「まずはタケルと話し合うんでしょ。あたしも付き合うからね」

胸を張って、絶対に引かない姿勢のマリ。

桜花は肩《かた》の力を抜《ぬ》いて、仕方なくマリの同行を受け入れた。

＊＊＊

桜花とマリはタケルの部屋へやってきて、文書についての全てを話した。

異端同盟が打倒《だとう》すべき鳳颯月がこの世界の神であり、殺せば世界が滅んでしまうという事実を前に、タケルは——

「そうなのか」

「…………」

「……神か。そうか」

顎に手を当てながらもう一度納得《なっとく》するように言って、ベッドの脇《わき》に置いてあるペットボトルの水を一口飲んで、キャップを閉めた。

「…………」

「…………？」

きょとん、としながら見てくるタケルの反応に桜花とマリは、

「――それだけ⁉」

身を乗り出してツッコミを入れた。

ベッドで上半身を起こしていたタケルは驚いて身体《からだ》を仰け反らせた。

何故《なぜ》この男は「鳳颯月が神だ」という事実を聞かされた時よりもツッコミに驚いているのか、二人には全く理解できなかった。

「も、もっと他《ほか》に何かあるでしょ⁉　神よ神！　突拍子《とっぴょうし》もなさ過ぎていまいち理解してないとか⁉」

「あの男を殺してしまえばこの世界は滅ぶのだっ、異端同盟の目的は戦争を止めることだが、最優先で対処すべき相手が神とあっては作戦行動に支障が出るどころの話ではないの

だぞ!?」

二人に詰《つ》め寄られながら、タケルは頬《ほお》を指でぽりぽりと掻《か》いて苦笑《くしょう》していた。

ますます信じられないというような顔で二人が見てくる。

「ま、まあ、これでも驚いてるんだが……正直、神話世界とか、世界同士の衝突とか、神《じん》器《ぎ》とか、現実離《げんじつばな》れしたことに関《かか》わりすぎてたんで、慣れちまったの……かな?」

「慣れるな!」

「ご、ごめんなさい」

反射的に謝ってしまうあたり、タケルはいつでもタケルなのだった。

そうこうしていると桜花とマリの横に、すぅっとラピスが姿を現した。

「さすが宿主です。この世界の理に触《ふ》れても動じない貫禄《かんろく》。私はあなたの剣《けん》として鼻が高いです」

パチパチパチ。拍手《はくしゅ》なんぞしながらラピスは無表情なままそう言った。

「微妙《びみょう》なところで惚気《のろけ》てんじゃないわよっ! もしかしてあんた知ってたんじゃないでしょうね!?」

「知りませんでした。鳳颯月が神殺しの力を欲《ほっ》していた理由など、私には興味ありませんでしたので……私は宿主と融合《ゆうごう》できればそれでよかったのです。しかしよくよく考えれば鳳颯月が神で、彼の目的が自殺なのでしたら全《すべ》てのことに納得がいきますね」

「納得がいったところでどうするつもりなのだ⁉　殺せんのだぞ⁉」

桜花がラピスにそう言うと、ベッドにいたタケルが神妙《しんみょう》な顔つきになった。

「別に俺達の目的は理事長を殺すことじゃない。キセキを救うために、戦争を止めるために殺す必要があれば殺すって話だったろ」

「そ……それはそうだが、解決方法の選択肢《せんたくし》が狭《せば》まったことに変わりはない」

「まあな。でも逆に、相手の目的がわかったんなら意地でも殺さなければいい」

「……っ」

言うのは簡単だが、殺さずにあの男をどうにかできるものなのだろうか？　そもそも何故あの男がこの世界の神なのかということすらよくわかっていない。

文書では、神話世界の断片に残されていた異世界文字の文献《ぶんけん》を読み解いた峰城和眞がこの事実にたどり着いたとされているが、颯月が神になった理由や経緯《けいい》は記されていなかった。

文書には事実だけが簡潔に記されていた。

鳳颯月は神である。

それだけだ。

「神様だっつっても、何でも思い通りにできるわけじゃねぇんだろう。わざわざこうやって回りくどいやり方で世界を滅ぼそうとしてるんだ。殺さずに戦争を止めることも、キセキを救うこともできるはずだ」

「…………」

「まあそのやり方に関しては、俺一人じゃ思い浮かばねぇし、みんなで考えねぇとな。異《い》端《たん》同盟はそのためにあるわけだしさ」

この期に及んでポジティブでいられるタケルが桜花とマリにはわからなかった。前だけしか見ていない。それがこれほどまでに心強く、それでいて危《あや》うく思えるのが不思議だった。

特に桜花は、颯月を殺せば世界が滅ぶという事実に一番ショックを受けていた。拳《こぶし》を握《にぎ》り、悔《くや》しそうに下を向く。

「……タケルは、それで納得がいくのか？」

「…………」

「あの男が報《むく》いを受けずに生き続けることを、受け入れられるのか？」

桜花の言葉に、タケルは一瞬《いっしゅん》目を伏《ふ》せたが、すぐに口元に笑《え》みを作ってみせた。

「――殺さないことが報いなんだろ。生き続けることが、あの野郎《やろう》の地獄《じごく》なんだろ。だったら、永遠に生きてもらおうじゃねぇか」

その言葉を聞いて、桜花は殺すことだけが報いではないということを思い出す。

何より、タケルの目的は復讐《ふくしゅう》ではない。救う相手のいなかった桜花とは違《ちが》う。

心が広いとか、器《うつわ》が大きいとか、そういうことではないのだろう。

ただ真《ま》っ直《す》ぐなのだ、この男は。

「理事長が何者だろうが、俺達のやることは何も変わっちゃいねぇ」

世界の真実など。

この世界の成り立ちなど。

神とは何なのかなど。

峰城和眞が必死になって手に入れた真実も、鐵隼人が隠そうとしていた真実も、鳳颯月が世界の根底に居座っているという事実も。

この男にとって――心底どうでもいいことだった。

＊＊＊

異端同盟の三チームはこれからどうすべきかを打ち合わせるためにホテルのロビーに集まっていた。

まずは峰城和眞の文書の内容についての説明をする必要があった。

説明はタケルの口から行われた。

鳳颯月は殺害対象から除外。戦争を止めるためにすべきことは侵攻《しんこう》作戦の指揮官であるマザーグースと草薙オロチの打倒。審問《しんもん》会側の最終兵器と化した草薙キセキを止めることだけだと説明した。

彼が説明したのはそれだけだった。

全員がポカンとしていた。

タケルは鳳颯月の正体が神であったという事実を、「作戦を変更《へんこう》する必要性がある」程度の認識《にんしき》で受け止めていた。

当たり前だが、三五小隊はともかくとして、その場にいた純血の徒のメンバーや神々の残火の面々には「はいそうですか」と受け止められることはなかった。

最初は、「冗談《じょうだん》だろ？」から始まり、「どうすんだよ……」に帰結する。

「相手が神だというのなら、我々はどう対処すればいい……？」

「よくわかんねぇけど、今まで通りでいいんじゃないか？」

絶句する純潔の徒に、タケルは真顔で言った。

「馬鹿《ばか》なっ、太刀打《たちう》ちできる存在なのか……？　神であるなら、我々など手で払《はら》いのけるだけで……」

「んー、それができるなら、最初からやってんじゃないかな？　もしくは、向こうからしたらそんなことする必要がないんだろ。目的が自殺なんだし」

「「「「…………」」」」

純血の徒一同、ポカンとしてしまう。

なんだこの男の呑気《のんき》さは……脳のネジが吹《ふ》っ飛んだのか？

純血の徒以上に、問題は神々の残火だった。

彼女らの宗教観から言って、「鳳颯月がこの世界の神である」という言葉は冒瀆《ぼうとく》以外の何ものでもなかったのだ。魔法《まほう》生物としての神々ではなく、人間には到底《とうてい》認識できない高位存在がいると信じている彼女らにとって、絶望するには十分だった。

大人しい第六巫女《みこ》近衛部隊のメンバーは祈《いの》るように手を合わせたまま、さめざめと涙《なみだ》する者、呆然《ぼうぜん》と宙を見つめる者など、反応は様々だった。

隊長である帝柚子穂《みかどゆずほ》は違った。いつも通り毅然《きぜん》とした態度で、床《ゆか》に槍《やり》の柄《え》を打ちつけた。

「なるほど。鳳颯月は魔法生物なのですね」

この一言で、第六近衛の少女達が顔を上げる。

柚子穂は颯月が神であるという事実を受けても動揺《どうよう》などしていなかった。

「その魔法生物がこの世界そのものの命を握っている……得られた情報はそれだけですね？」

柚子穂の言葉に、タケルは頷《うなず》いてみせた。

「ああ」

「では討伐《とうばつ》対象から除外するのは当然です。作戦は幻想教団《ヴァルハラ》幹部と百鬼夜行《ひやつきやこう》を止めることに専念しましょう。それだけで、この戦争は大方終わります」

「その通りだ」

タケルが口元に笑みを浮《う》かべて答えると、柚子穂も納得《なつとく》したように頷いた。

驚《おどろ》いている近衛の隊員に、柚子穂は告げる。

「我々の信じる全知全能の神は鳳颯月などという魔法生物ではありません。数多《あまた》の異世界を統《す》べ、人智《じんち》の及《およ》ばぬ高次元において座し、我らの行く末を見守る御方《おかた》が我らの信じる神でしょう」

「「「………」」」

「貴方達《あなた》も真の信仰者《しんこう》ならば、この世界の命を貪《むさぼ》り食うだけの魔法生物程度の存在に絶望すべきではありませんよ」

柚子穂はソファに座り直そうとして、「一つだけ言わせてください」とタケルに言った。

「鳳颯月を神と呼ぶのは止《や》めてください。不愉快《ふゆかい》です。あれはただの魔法生物と認識すべきです。いいですか神とはそもそも——」

「——オーケーわかった！」

話が長くなりそうだったのでタケルは早々に切り上げた。

そしてテーブルに両手をついて、タケルは立ち上がる。

「戦争はもう始まっちまった。時間もねぇ、戦力もねぇ。でももう、やることは決まってんだ」

タケルの言葉に頷けるかは微妙なところだった。

何の解決策も無いまま突っ込《つこ》むのは愚《ぐ》の骨頂《こっちょう》。そんなものはただの特攻《とっこう》でしかない。敗北は目に見えている。

だがタケルの言う通り時間が無い。このまま戦争が続けば世界は確実に破滅《はめつ》へと歩み行くだろう。颯月を殺そうが殺さなかろうが、結果は同じになってしまう。

まずは戦争を止めることが先決なのだ。

「今は考えても無駄《むだ》な状況《じょうきょう》だ。俺達にできることをやろう」

タケルは今までの戦いと、仲間達からそう教わった。

この同盟のチームは混成部隊であり実働部隊。自分達の領分は戦うこと。

それをタケルはよく理解していた。

本拠地《ほんきょち》から避難《ひなん》した異端同盟のメンバー達からはいまだに連絡《れんらく》は無い。わかるのは、タケル達のいる場所からかなり離《はな》れているということだけだ。

戦争の始まった街に派遣《はけん》されていた情報収集部隊とも連絡が取れず、現場にいた同盟メンバーがどうなったかもわからなかった。

つまり異端同盟として連携《れんけい》がとれるのはこの場所にいる三チームだけということになる。

街がどうなったかは遠目に見た光景でしか判断できないが、地獄と化しているのは明らかだ。

恐《おそ》らく有利なのは奇襲《きしゅう》した幻想教団《ヴァルハラ》側だろう。

このまま審問会が追い詰《つ》められれば……

「……キセキ……」

百鬼夜行の実戦投入は免《まぬか》れない。

そうなればタケルは三度目の悪夢を目《ま》の当たりにすることになる。

もう二度と、あんな思いは御免《ごめん》だった。

タケルは身支度《みじたく》を調《ととの》え、仲間と共に戦場へ向かうために部屋から出ようとした。

ドアを開けて外に出た瞬間《しゅんかん》、視界がぐらついた。

立っていられないほどの立ちくらみに身体《からだ》がよろめいた時、横から誰《だれ》かに支えられた。

「……マリ」

「黙《だま》って。少しだけど、楽にさせてあげられると思う」

マリは肩《かた》を貸しながら、タケルの額に手を当てる。

額に当てられた手が熱を帯びて、ほんのりと光った。

「幻惑《げんわく》魔法の一種で、鎮静《ちんせい》作用があるから……少しは脳の活性化を抑《おさ》えられるわ」

「……お前、気づいてたのか」

憔悴《しょうすい》した顔でタケルが言う。

自分で立とうとしても足に力が入らない。小さなマリの身体に全《すべ》ての体重を預けてしまいそうになる。

マリは眉間《みけん》に皺《しわ》を寄せてしっかりとタケルを支えながら、魔法を続ける。

「言っとくけど、タケルの様子がおかしいことぐらいみんなとっくに気づいてるよ。今のタケルを楽にしてあげられるのがあたししかいないから、あたしが来たの」

「……そう……なのか」

「こんな状態でもあんたが何言っても聞かない奴《やつ》だなんてこと、みんなとっくにわかってる。だからみんな自分にできることをやってる。戦いに備えてる」

額の手が、頬《ほお》へと滑る。

マリの瞳《ひとみ》が間近にあった。

「あたしだって……本当はこんな戦い止めて、どっか山奥に身を隠《かく》して世界が滅《ほろ》ぶまで一《いっ》緒《しょ》にいたい。今は一分一秒だって、みんなとの時間を……あんたとの時間を大切にしたい」

「……俺もそう思う」

「でもあんたは、戦うんでしょ？　止まらないんでしょ？」

「……ああ」

謝りはしなかった。

「だったらあんたのこと、絶対に死なせないから……あたし達が守るから……！　それがあたし達にできることよ……！」

止めはしないと、マリは言う。

皆《みな》止めたいのだろう。うさぎも、斑鳩も、マリも、桜花も……。

タケルに戦ってなど欲《ほ》しくないのだろう。相手は幻想教団《ヴァルハラ》最強の幹部で、世界を喰《く》らい尽《つ》くす百鬼夜行で、挙げ句の果てに神様ときた。

勝てるビジョンが見えない。

皆の前ではああ言っていたが、タケルだってそんなこと百も承知だ。

虚勢《きょせい》、麻痺《まひ》、慣れ、なんとでも言えるし、どれも当てはまる。

でもやるしかない。そうしないと自分の欲しいものを手に入れられないから。

こんな考えの男を誰が止められるというのか。こんなわがままな願いを、誰が否定できようものか。

仲間達にできることなど、手を貸すことぐらいだ。

タケルもいまさらついてくるななどと言うわけがなかった。今ではもう、仲間達のことを存分に頼《たよ》りにしている。頼りすぎているぐらいに。

だからこんな状態でも、自分は心から幸せ者だと思う。

その上まだ幸せを求めるというのだから、マリや仲間に馬鹿と言われても仕方がない。

「一緒に行こう……みんな、一緒に……」

力無く笑うタケルを、マリは抱《だ》きしめた。

無茶は今に始まったことではない。

仲間達に苦労しかかけていないことを自覚しながらも、引くことのできない自分を申し訳なく思う。

戦いが始まる。

恐らく今まで味わったことのないような、壮絶《そうぜつ》な戦いが——

第三章　神に至ろうとする者達

東京都新宿区。そこはかつてそう呼ばれていた。

戦争により地形が変わるほどの損害を被《こうむ》った後、再建された新宿は元の姿とは別物に生まれ変わった。

審問《しんもん》会本部のあるこの街は、旧日本のどの土地よりも栄えており、煌《きら》びやかだった。

今はその面影《おもかげ》はどこにもない。

一五〇年前の戦後の荒廃《こうはい》が、再び蘇《よみがえ》っていた。

倒壊《とうかい》したビル。燃える木々。炎上《えんじょう》する車。人間の焼ける臭気《しゅうき》。

生きている者は誰もいなかった。

犠牲者《ぎせいしゃ》は審問官や魔法使《まほうつか》いだけではなかった。

一般人《いっぱんじん》……子供や老人、妊婦《にんぷ》までもが道を埋《う》め尽くすように転がっていた。

遺体はどういうわけかほぼ全てミイラのように干からびていた。

「……こん、な……ことって……っ」

うさぎが口元を押さえて蹲《うずくま》る。

うさぎだけではなく、全員が戦慄《せんりつ》していた。

まだ戦争が始まって半日だというのに、この被害《ひがい》は尋常《じんじょう》ではなかった。

陰鬱《いんうつ》な曇《くも》り空の下に、地獄《じごく》が当たり前に佇《たたず》んでいる。

「どうしてこれだけの一般人が残っている……!?　何故《なぜ》避難《ひなん》勧告《かんこく》を出さなかった……！」

桜花《おうか》が怒《いか》りと共に震《ふる》えた声を吐《は》き出す。

「生体反応が無い……？　嘘《うそ》でしょ……何万人いたと思ってるのよ……っ!?」

必死に探査魔法で辺りを探《さぐ》るが、範囲《はんい》内に一つたりとも生体反応が無かった。

シェルターがあった箇所《かしょ》も爆撃《ばくげき》にでもあったかのようにクレーターができている。宙を舞《ま》う白い粉は、塵芥《じんかい》となった人間のなれの果てだろう。

敵は優先的に一般人が集まっている場所を狙《ねら》ったとしか思えなかった。

「審問官や幻想教団《ヴァルハラ》の気配すらないのは異常ね……百鬼夜行《ひゃっきやこう》を使ったとしてもこうはならないわ。遺体が全部干からびてる……」

斑鳩《いかるが》にですら、何が起こったのか想像もつかない。

「幻想教団《ヴァルハラ》のやりそうなこった。今に始まったことじゃねぇ。どうすんだ草薙《くさなぎ》。同盟の合流を待つのか？」

京夜《きょうや》が胸《むな》くその悪そうな顔をしながら、タケルに尋《たず》ねる。

現状を把握《はあく》できない以上は合流を優先するのが妥当《だとう》な判断だ。生体反応が無いからといって敵が潜《ひそ》んでいないとも限らない。

だが、

「……このまま学園へ向かう。幻想教団《ヴァルハラ》の目的地は審問会本部だ……止めないと」

止めないと、キセキが戦いを始めてしまう。

今この状況《じょうきょう》でキセキが出てきていないことが気にかかるが、出てくる前にこちらから赴《おもむ》いて、自分の想《おも》いを剣《けん》に乗せてぶつけなければならない。

幻想教団《ヴァルハラ》に世界の命運をかけた兄妹喧嘩《きょうだいげんか》を邪魔《じゃま》されるわけにはいかないのだ。

この街の被害状況を鑑《かんが》みても急がなければ手遅《ておく》れになる。

タケル達は学園への道のりを急いだ。

先へ進めども進めども同じ光景が広がっている。生きている者とすれ違《ちが》うこともなければ、声すらも聞こえない。

あれだけの人間が生活していた街が、最初からこうであったかのように静まり返っていた。

この街はもう死んでいる。わずか半日で死の街と成り果てた。

そして――

「………そんな……」

学園の門へたどり着いた桜花が、呆然《ぼうぜん》としながら膝《ひざ》をつく。

最初に目に入ったのは街のシンボルだった魔導《まどう》遺産封印塔《ふういんとう》だ。

根本から倒壊している。

巨大《きょだい》な演習用のコロシアムも、学舎も、宿舎も、教員棟《とう》も、全て……全て、破壊されていた。

門周辺には防衛していたのであろう審問官や生徒達の死体、ドラグーンの残骸《ざんがい》が無残にも転がっている。敵方の魔法使いの死体や、魔導竜騎兵《りゅうきへい》の残骸も見て取れた。

全戦力をもって抵抗《ていこう》したのは明らかだ。

「……学園が……」

うさぎが青ざめた顔で崩壊《ほうかい》した学園を見上げている。

ここに通っていた三五小隊は全員同じ気持ちだった。たとえ嫌《いや》なことばかりでも、ここには仲間達との思い出があった。笑い合い、いがみ合い、共に成長してきた時間があった。

通い慣れた教室も、人で賑《にぎ》わう食堂も、憂鬱《ゆううつ》だった射撃《しゃげき》演習場も、模擬《もぎ》戦トーナメントを行ったコロシアムも、魔女《まじょ》狩り祭で賑わった校庭も……あの小隊室も。

全て壊《こわ》れてなくなってしまった。

ショックを受けないわけがない。

この場所は、三五試験小隊の居場所だったのだ。

帰るべき、場所だったのだ。

「どうしよう……タケル……ねえ、どうしようっ……！」

マリが震えながらタケルに縋《すが》り付く。

「……タケル？」

服を掴《つか》んだその時、タケルが体勢を崩《くず》した。

真横にいたセージがタケルの身体《からだ》を支える。

「大丈夫《だいじょうぶ》か？」

「……っ、こんな時に……！」

視界が揺《ゆ》れ、後頭部を思い切り金棒で殴《なぐ》られたかのような痛みが襲《おそ》った。

集中力が少しでも途切《とぎ》れると勝手に掃魔刀《そうまとう》が発動してしまう。

暴走はまるで発作のようにやってくる。制御《せいぎょ》するだけでも途方《とほう》もない苦痛が伴《ともな》った。

セージに支えられていても力が抜《ぬ》けてしまい、そのままタケルは地面に膝をついた。

「無理をするな。そんな状態で戦うのは危険だ。三五試験小隊は隠れていろ。我々と近衛《このえ》で偵察《ていさつ》を行い、まずは学園内に敵がいないかを確認《かくにん》する」

「いいから任せておけ。こういう仕事は我らの十八番《おはこ》だ。近衛はどうか知らんがな」

セージが言うと、柚子穂《ゆずほ》が「なにぃ⁉」と怒鳴《どな》った。

「私達だって偵察ぐらいできますよ！　奇跡《きせき》の御業《みわざ》は異教徒の魔術などとは比べるべくもなく――ッ⁉」

反論すべく声を荒《あら》らげた時だった。

柚子穂が地面に打ち付けようとした槍《やり》を、そのまま横薙《よこな》ぎに振《ふ》り払《はら》った。

――瞬間《しゅんかん》、真横の何も無い空間に、突如《とつじょ》として巨体《きょたい》が出現した。

柚子穂が振るった槍が、出現した巨体に直撃する。

だが巨体はその一撃を受けても怯《ひる》みすらしなかった。

「……こいつは！」

桜花が驚《おどろ》きながらヴラドを出現させてトリガーを引き絞《しぼ》る。

血色の杭《くい》が巨体の頭部と胸部へ炸裂《さくれつ》。

ダメージは――無い。半透明《とうめい》に輝《かがや》く装甲《そうこう》に阻《はば》まれて貫《つらぬ》くことができなかった。

「《英雄《エインヘリヤル》》か！」

セージが即座《そくざ》に魔法陣《じん》を展開し、地面から鎖《くさり》を出現させる。

「……しかし！」

鎖は出現した英雄《エインヘリャル》の身体に巻き付き、一時的に動きを止めた。

「各自散開！　距離《きょり》を取れ！」

セージのかけ声とともに、全員がバラバラに駆《か》け出した。

動けずにいたタケルは魔女狩り化した桜花が肩《かた》を貸し、一気に跳躍《ちょうやく》して距離を取る。

鎖に巻かれた英雄《エインヘリャル》は一時的に動きを止めたが、すぐに拘束《こうそく》を引きちぎり、剣の形をしたレールガンを地面に突《つ》き刺《さ》した。

【《水晶は斬くも輝く《クリスタルバニッシュ》》】

魔法名と共に水色の魔法陣。

「セージ！」

肩越《ご》しにタケルが叫《さけ》ぶ。

セージは逃《に》げる時間を稼《かせ》ぐために魔法を維持《いじ》し続けていた。

直後、魔法陣の中心から水晶《すいしょう》があふれ出した。まるで氷河のように鋭角《えいかく》に突きだした水晶はセージを飲み込み、次の瞬間——光を放ち爆散した。

桜花はタケルを肩に担《かつ》ぎ、斑鳩と共にビルの残骸へ身を隠《かく》す。

衝撃波《しょうげきは》が何もかも飲み込み、辺りが煙《けむり》に包まれた。

余波で巻き起こる煙の中で、桜花はタケルの背を瓦礫《がれき》に預けさせた。

「タケルはここに隠れていろ……！」

「俺も……戦える……っ！」

「今消耗《しょうもう》してどうする！　お前の力は私達の切り札なのだぞ！　杉波《すぎなみ》、タケルを頼《たの》む！」

桜花はタケルの手を振り払い、そのまま駆け出して煙の中へ姿を消す。

タケルは彼女の後を追おうとしたが、斑鳩に肩を摑まれて止められてしまう。

振り払おうとしたが、再び脳が激震《げきしん》してそのままタケルは地面に倒《たお》れ伏《ふ》してしまった。

「……くそ……っ」

伸《の》ばした手が地面に落ちて、タケルは悔《くや》しげに拳《こぶし》を握《にぎ》った。

＊＊＊

煙が晴れ始め、桜花は両腕《りょううで》に射突口《しゃとつこう》を出現させて敵の姿を捕捉《ほそく》する。

セージがどうなったかはわからない。英雄《エインヘリヤル》は変わらず健在、拘束を解いた状態で優雅《ゆうが》にレールガンを地面から引き抜《ぬ》いていた。

水晶のような装甲……恐《おそ》らく敵の装甲素材はブルークリスタル。ダメージを与《あた》えるには苦労するだろう。

桜花が構えると同時に、両サイドからマリとうさぎが姿を現す。

「援護《えんご》は任せてくださいまし」

「ブルークリスタル……厄介《やっかい》ね。ま、あたしの魔法の敵じゃないけど」

「油断するな。私が囮《おとり》になる。西園寺《さいおんじ》は私の援護を、二階堂《にかいどう》は大魔法の準備……一撃で仕留めろ」

「「了解《りょうかい》」」

二人の返事を聞くと同時に、桜花は攻撃《こうげき》を開始した。

地を蹴《け》り、前方向へ跳躍すると同時に肘《ひじ》の杭を射突させ、煙を渦巻《うずま》かせながら最初の一撃を放つ。

ガキィイイインッ！

甲高《かんだか》い音と共に、英雄《エインヘリヤル》のレールガンの刀身と杭が衝突《しょうとつ》する。

接近戦を挑《いど》んだ理由は敵に魔弾《まだん》を撃《う》たせないためだ。英雄《エインヘリヤル》は総じて魔力量が尋常ではないため、ただの魔弾ですらとんでもない威力《いりょく》となる。

連射などされては敵《かな》わない。接近戦に集中させている間にマリの魔法で屠《ほふ》ってもらうのがベストだ。

敵の装甲はブルークリスタル。うさぎとの連携《れんけい》で装甲に罅《ひび》くらいは走らせておきたい。

英雄《エインヘリヤル》の正体を確かめれば弱点を見いだせるかもしれないが、考えるよりも先に行動するというタケルの考え方に倣《なら》う。

幸いにも、今の味方は小隊メンバーだけではないのだ。

「近衛式槍術《そうじゅつ》──久遠三閃《くおんさんせん》！」

上空より声が聞こえたと同時に、桜花は英雄《エインヘリヤル》から飛び退《の》いて距離を取った。

入れ替《か》わりに英雄《エインヘリヤル》の頭上へ回転を交えた一撃を柚子穂が叩《たた》き込む。攻撃を加える際に、桜花の目には柚子穂の姿が三人に見えた。

分身魔法を交えた槍術だ。

英雄《エインヘリヤル》がよろめき、柚子穂が地面に着地する。

そのまま英雄《エインヘリヤル》は後方へ転倒《てんとう》するかに見えたが、倒れる間際《まぎわ》にレールガンの銃口《じゅうこう》を着地した柚子穂へ向けた。

柚子穂は膝を曲げて跳躍し、回避《かいひ》行動に出ようとするが間に合わない。敵の魔弾の方が一刹那《いっせつな》速い。

その時、柚子穂の背後からスライディングを行いながら緑色の影《かげ》が滑《すべ》ってきた。

京夜だ。

京夜は柚子穂の股下《またした》を通り過ぎ、英雄《エインヘリヤル》の懐《ふところ》へと滑り込んだ。

「バックショット！」

ネロの散弾が英雄《エインヘリヤル》の腹部へ零距離《ゼロ》から直撃する。

衝撃吸収性の高いブルークリスタルといえども、散弾のような広範囲《こうはんい》に亘《わた》る衝撃には弱い。

腹部装甲が砕《くだ》け散り、半透明な装甲がガラスのように空中を舞《ま》った。

しかし砕け散った装甲がまるでビデオ再生の巻き戻《もど》しのように一瞬で修復され、元に戻る。

見た目はドラグーンでも中身は英雄《エインヘリヤル》。レールガンも魔導遺産であるならば、特殊《とくしゅ》な性能を有していて然《しか》るべきだ。

だが、修復完了の隙《すき》を与えるほど三五試験小隊は英雄《エインヘリヤル》と戦い慣れていないわけではない。

銃声と共に五発の弾丸が柚子穂と桜花の真横をすり抜ける。

修復しかけていたブルークリスタルの装甲に弾丸が突き刺さり、再び粉砕《ふんさい》した。

うさぎが立ったままライフルを構えて、銃口から煙を立ち上らせていた。

「――二階堂、お願いしますわ」

うさぎが目を細めながら言うと、上空より飛来する虹色《にじいろ》の影。

右腕《みぎうで》を振りかぶるそのシルエットは、極光の魔女、二階堂マリだった。

魔法陣を五重に展開し、マリは両手を合わせて思い切り腕を振りかぶる。

収束する魔力が極限まで達し、合わせられた両手が輝く。

そして――

「《極光の爆砕《アウローラ・インパクト》》ッ！」

――マリは英雄《エインヘリヤル》の脳天目がけて両手を振り下ろし、魔法を放った。

「「「――ちょっ⁉」」」

溜《た》まった魔力が爆発《ばくはつ》し、周囲一帯を包み込んだ瞬間、その場にいた全員の顔が青ざめた。

各々《おのおの》衝撃波に巻き込まれぬように結界を張り、桜花はうさぎの盾《たて》となった。

英雄《エインヘリヤル》を粉砕させたマリが地面に軽《かろ》やかに着地し、仲間達の方へ向けてVサインを決める。

「どーよどーよ今の見たぁ？　やっぱりあたしの魔法が最強よねー！　誉《ほ》めてくれちゃってもかまわなくってよ～！」

ない胸を張りながらドヤ顔を炸裂させているマリに、その場にいた全員がこめかみに血管を浮《う》かばせる。

全員、巻き起こった砂埃《すなぼこり》で真っ白だった。

「被害《ひがい》範囲考えろてめぇ！」

「まったくこれだから魔法使いは！　まったく！」

「今のは殺傷能力アリアリだったぞ貴様！」

「レディーなんだからもうちょっと遠慮《えんりょ》というものを学んでくださいまし！」

「……すまんが貴殿《きでん》ら……引っ張り出してもらえないか……さっきのでますます埋《う》まった」

非難囂々《ひなんごうごう》の状況《じょうきょう》に納得《なっとく》がいかず、「なによ～！」と地団駄《じだんだ》を踏《ふ》むマリ。完全に瓦礫に埋もれていたセージもどうやら無事だったらしく、純血の徒の他メンバーに引っ張り出されている。

全員無事なようで、桜花はほっと息を吐《つ》いた。

「……今の英雄《エインヘリヤル》、まさか……」

「転送魔法で間違《まちが》いないわ……でも転送魔法はあんなに手軽に使えるものじゃないんだけど……魔力消費量が膨大《ぼうだい》だし、簡易式だとしても着地点になるゲートがなくちゃ実現できないはずなのよ」

転送魔法についてのマリの疑問に、桜花が表情を険しくする。

「改良が施《ほどこ》されていると？」

「……だとしても異常よ。もしあんな風に使えるんだとしたら――」

マリが言いかけた、その瞬間だった。

時空の歪《ゆが》みがいたるところに現れ、パズルのピースが組み合わさるように何も無い空間に巨大《きよだい》な人型が形成されていく。

新たな英雄《エインヘリヤル》だ。それも一体ではなく、見る見るうちに数が増えていく。

わずか数秒で、桜花達は英雄《エインヘリヤル》の軍勢に囲まれてしまった。

「……言ったそばからか……！」

「この数……どうなってんの⁉」

全員背を合わせながら構え、周囲を取り囲むように出現した英雄《エインヘリヤル》達に戦慄《せんりつ》する。

総数二〇体。単体で一騎当千《いっきとうせん》、以前召喚《しょうかん》されたアーサー王に至ってはたった一体で対魔導学園を半壊《はんかい》させた。境界線《ボーダー》での防衛戦で召喚されたジークフリートは一個中隊と三五小隊でようやく沈《しず》めた強敵だった。

そのクラスの化け物が二〇体である。

こちらは六人がかりでようやく一体破壊したところだ。

「ケッ……物量かよ。上等だぜ……！」

京夜がネロを旋棍《せんこん》に変形させて構える。

「迂闊《うかつ》に動くな……固まれ……！」

セージも腰《こし》から杖《つえ》を引き抜き、構えた。

「黒魔術《くろまじゅつ》はやはり度し難《がた》い……死者の霊《れい》を機械人形に……悪趣味《あくしゅみ》にも程《ほど》がある」

槍《やり》を構えながら、柚子穂は部下を後ろに下がらせて前へ出る。

英雄《エインヘリヤル》達は感情の無い機械の瞳《ひとみ》でこちらの動きを窺《うかが》っていた。

動けば一斉《いっせい》に襲《おそ》いかかってくる。獣《けもの》の群れにでも囲まれているような感覚に、緊張感《きんちょうかん》が上昇《じょうしょう》していく。

得物を握り、いつでも攻撃を仕掛《しか》けられる態勢にありながら、桜花達は出方を窺うしかなかった。

不意に雲の切れ間から光が差し込み、皆《みな》の目が眩《くら》む。

うさぎが目をしばたたかせ、驚《おどろ》いて上を見た。

そこには——

「やはりあなた達でしたか」

英雄《エインヘリヤル》を警戒《けいかい》しつつも全員が視線を上へ。

雲の裂《さ》け目から降り注ぐ光の中に、彼女はいた。

神の御使《みつか》いの如《ごと》きその白き姿は、地獄《じごく》と化したこの街にはあまりに不似合いだった。

白いローブをはためかせ、冷ややかに地上を見下ろしながら、その女性は浮遊《ふゆう》している。

「……マザーグース……！」

光を手で遮《さえぎ》りながら、怒《いか》りを込《こ》めてマリは彼女の名を呼んだ。

マザーグースはゆっくりと異端《いたん》同盟の面々を見下ろして、最後にマリを見た。

「お久しぶりですね、二階堂マリさん。息災そうで何よりです」

「っ、答えなさい！　この虐殺《ぎゃくさつ》はあんたがやったの⁉」

率直《そっちょく》な問いかけに、マザーは首を縦に振《ふ》った。

「はい。その通りです。英雄《エインヘリャル》を召喚《しょうかん》し、この街を襲ったのは私です」

悪びれた風もなく、マザーは淡々《たんたん》と答えた。

マリは右腕を振り払《はら》い、表情をますます険しくした。

「なんでよ……あんたはイーストサイドのトップだったはずでしょ⁉　どうしてこんなウエストサイドみたいなやり方すんのよ！　無関係な人間を戦争に巻き込みたくないって言ってたじゃない！」

「私はこうも言ったはずです。最小限の犠牲《ぎせい》は厭《いと》わない、と」

冷ややかなその言葉に、マリの怒りは頂点に達した。

「最小限ですって……？　何万人殺したと思ってるの……⁉」

マリの受けた衝撃《しょうげき》は筆舌《ひつぜつ》に尽《つ》くしがたかった。

一ヶ月以上魔導学園の生徒をやっていたが、もちろんマザーグースを信用し切っていたわけではない。彼女の綺麗事《きれいごと》はどこか信じ切れなかったし、情報を漏洩《ろうえい》させないためにマリを殺そうとまでした女だ。

でも、イーストサイドという世界をマリは知っている。あの場所は居心地《いごこち》がよかったし、あそこに住んでいる人々は皆温かかった。

外側で生きる魔女にとっての理想郷……それを作った本人がこの虐殺を行っていたという事実に、マリは打ちのめされるような思いだった。

マザーはマリの心中を察したように、祈《いの》るように一度だけ目を閉じた。

しかしすぐに目を開き、ガラス玉のような瞳でその場にいた全員を見下ろした。

「言い訳も弁明もいたしません。この街の犠牲は――私にとって最小限です」

両掌《てのひら》を組み合わせ、マザーグースは空中で天へ祈りを捧《ささ》げる。

「引きなさい。ここはあなた達の戦場ではありません。仇《あだ》なすというのであれば――」

髪《かみ》が逆立ち、目が見開かれる。

ルビーのように赤い瞳孔《どうこう》が広がり、その瞳は真っ赤に染まった。

「――『神威《かむい》』の威光が、あなた達を押しつぶすでしょう」

空を覆《おお》い尽くすような純白の魔法陣《まほうじん》が現れると、いくつも雲の切れ間が生じて光が降り注いだ。

降臨する英雄《エインヘリヤル》の群れ。その数は一〇〇体以上にまで増えていく。

同盟メンバーを取り囲んでいた英雄《エインヘリヤル》達も動く。レールガンを構えて、魔力を放出せんと銃口《じゅうこう》を光り輝《かがや》かせた。

「──防護魔法！　全力で防げ！」

桜花が叫《さけ》ぶと同時に、魔法を扱《あつか》える者はありったけの魔力を込めて防護結界の術式を編む。

魔弾《まだん》は単純な破壊をもたらすだけの魔力の塊《かたまり》だが、英雄《エインヘリヤル》の保有する魔力量と合わされば並の魔法の威力とは比べものにならない。

防ぎきるのは至難。だが囲まれていては防ぐ以外に術《すべ》はない。

レールガンはそうそう連射の利《き》くものではない。敵が全弾撃ち尽くすまで耐《た》えれば、隙ができる可能性はあった。

「くるぞ！」

セージが杖の切っ先を翻《ひるがえ》して錆《さび》の壁《かべ》を構築し、皆を覆った。

セージの防護結界は視界が塞《ふさ》がれてしまう代わりに物理・魔法攻撃《こうげき》の防御力《ぼうぎょ》が非常に高

い。

音すら通さぬ強固な結界となって錆の壁は皆を守った。

「――っ……!! 第七分隊！　全員で重層結界を構築しろ！　もう保《も》たん！」

セージが自分の部下達に命令を下すと、部下達は合同詠唱《えいしょう》と共に結界を構築する。

セージの結界に罅《ひび》が入り、外の音が流れ込む。外は魔力の波が押し寄せていた。四方八方から破壊が迫《せま》っている。英雄《エインヘリヤル》達の銃撃……否《いな》、爆撃《ばくげき》は続いていた。

四人が結界を張った瞬間《しゅんかん》、セージの防護結界が砕《くだ》け散る。

入れ替《か》わりに四重の結界を張った第七分隊だったが、すぐに二重の結界が砕かれ、三重目の結界も罅だらけになった。

結界の範囲《はんい》が狭《せば》まり、仲間達は中心へと追いやられていく。

「近衛《このえ》も不可侵《ふかしん》領域を構築し魔力を退けなさい！　重ねの五番《拒絶《きょぜつ》ノ帷子《かたびら》》！」

柚子穂も槍を地面に突《つ》き立て、後ろの第六近衛の隊員と共に防御を固める。魔力で鋼糸《ワイヤー》を形成させ、鎖《くさり》帷子のように折り重ねて強固な結界を成した。

だがその結界も、一本一本鋼糸《ワイヤー》が弾《はじ》け飛び、崩《くず》れていく。

魔導遺産の槍からも魔力を得ながら柚子穂は耐え続けたが、限界はすぐにやってきた。

「……っ、後は……頼《たの》みますよ……！」

歯を食いしばる柚子穂が限界を告げると、重ねた結界が弾け飛んだ。

その瞬間——虹色《にじいろ》の魔法陣が地面に浮《う》き上がった。

「まっかせなさい！」

虹色の魔力を吹《ふ》き荒《あ》らしながら、マリが地面の魔法陣をぶん殴《なぐ》る。

「《光の城塞《アウローラ・フォートレス》》！」

殴ると同時に魔法陣が砕け、魔力が仲間達を覆う。

それは魔力で形作られた巨大な城だった。城は英雄《エインヘリヤル》から放たれた魔弾の数々を完璧《かんぺき》に防いでいる。

マリの最大攻撃力を実現する魔法が《光の到達点《アウローラ・ゲート》》ならば、《光の城塞《アウローラ・フォートレス》》は最大防御力を発揮する。それ故《ゆえ》に膨大な術式を編み、長い詠唱を必要とする。その時間稼《かせ》ぎは仲間達が行ってくれた。

この城塞《じょうさい》は——魔弾程度では崩れはしない。

英雄《エインヘリヤル》達は魔弾だけでなく、魔法を交えてさらなる追撃を行う。空に魔法陣が描《えが》かれ、魔力で実体化した流星やら槍の雨やらドラゴンの幻影《げんえい》やらがマリの城へ襲いかかった。

「こんっ……のっ……！」

極光の城に罅が入る。

隙《すき》が――できない。

斉射を行っている間に残りの英雄《エインヘリヤル》が魔法を使用し、魔法が途切《とぎ》れれば再び魔弾の斉射が始まる。

「二階堂……！　踏《ふ》ん張れ！」

「わかってる……っつーのぉ……ッ！」

このままではジリ貧《ひん》だった。

このままでは城が崩れる。

このままではみんな死ぬ。

このままで――

「こうなったら……いちか……ばちかよ……！」

――このままで終わるような『極光の魔女』では、断じてないのだ。

マリは大魔法を維持《いじ》しつつの二重魔法&詠唱を行う。攻撃を仕掛けて隙を作りたいところだがこの状況《じようきよう》下で敵を狙《ねら》って仕留めるのは不可能。

ならば――攪乱《かくらん》してくれる存在を喚《よ》び出すまでのこと。

これは賭《か》けだ。

【生虫踏まず、生草折らず、一切《いっさい》の殺生《せつしよう》望まざれど喚びかけに応《こた》えたまえ。我はその輝き

を欲《ほっ》す。我はその気高さを欲す。応えたまえ応えたまえ、尊き獣《けもの》よ、その美しき嘶《いなな》きを聴《き》かせたまえ。出《い》でよ……出でよ……！】

詠唱と共に、マリは目を閉じて異世界へと意識を飛ばす。

遥《はる》かな時空を超《こ》えて、マリの意識はその世界へとたどり着いた。

マリはその世界を懐《なつ》かしいと感じる。孤児院《こじいん》の院長から召喚魔法の基礎《きそ》を教わったばかりの頃《ころ》は、こうして異世界の存在とコンタクトして遊んでいた。異世界の存在はこちらの存在を感じ取ってはいても、話しかけたり言葉を理解することはない。だからいつも、異世界の泉に佇《たたず》むその美しい獣をただ見つめるだけだった。相手もこちらをじっと見つめるだけだった。

それでも向こうは自分のことを気に入ってくれたと感じ取ることができた。気のせいかもしれない。勘違《かんちが》いかもしれない。それでも信じる以外に、今を生き残る道は無い。

（応えて……お願い……！）

いつものように泉に佇むその獣に、マリは願った。

獣はマリに気づいた。

そして彼女の願いに応えるように、優《やさ》しそうなその瞳が水面の光を反射して煌《きら》めく。

（――――応えた！）

マリの意識が現世へ戻《もど》り、目を見開く。

そして、自らの背後に巨大《きょだい》な魔法陣を出現させ、告げる。

「出でよ霊獣《れいじゅう》――――《麒麟《きりん》》！」

一瞬《いっしゅん》、世界から音が消えた。その場にいた英雄《エインヘリヤル》達が射撃《しゃげき》を止めて、マリの作った魔法陣へ視線を移した。

心を持たぬ戦闘《せんとう》人形の英雄《エインヘリヤル》達が、異質な存在が喚び出されることを感じ取ったのだ。

そして次の瞬間――魔法陣を突き破って、空間の裂《さ》け目より極彩色《ごくさいしき》の鱗《うろこ》を持つ獣が躍《おど》り出た。

前足の蹄《ひづめ》を高く掲《かか》げ、得も言われぬ美しさの嘶きを上げながら棹《さお》立つその御姿《みすがた》は、紛《まぎ》れもなく魔法生物――霊獣《麒麟》であった。

魔法に通達しているセージ達と柚子穂達は啞然《あぜん》としながらその美しき獣を見上げた。

あのマザーグースですら、天空からその光景に驚《おどろ》き、目を見開いた。

「馬鹿《ばか》な……あの大魔法を使用しながら、霊獣召喚を行ったと言うのですか……？」

不可能だとマザーグースは否定する。

霊獣召喚は英雄召喚と同等の難易度を持つ召喚魔法だ。使用するには何千、下手をすれば何万人もの生け贄《にえ》を必要とする。まして麒麟ともなれば、中国神話世界の四大元素を司《つかさど》り、瑞獣《ずいじゅう》の頂点に君臨する種族だ。

詠唱や召喚の術式は存在するが、歴史上に成功したと記録に残されている者はいない。まずコンタクトを取ること自体が不可能。まして喚び出すことなど、天地がひっくり返っても無理な話なのだ。

そんなお伽噺《とぎばなし》に出てくるような所業を、この年端《としは》もいかない少女がやってのけたというのか？

驚愕《きょうがく》するマザーグースを他所《よそ》に、マリは毛並みを撫《な》でながら麒麟に頬《ほお》を寄せる。

麒麟もそれに応えるように、静かに啼《な》いた。

「お願い……みんなを守って」

麒麟はマリの想《おも》いを酌《く》み取り、再び前足を大きく上げて嘶いた。

その嘶きは先ほどの美しいものとは違《ちが》い、猛々《たけだけ》しく荒々《あらあら》しかった。

後ろ足の蹄が高らかな音を立てた直後――麒麟は極光の魔力を炎《ほのお》のように纏《まと》いながら空間を駆けた。

麒麟に足場など必要無い。世界の理《ことわり》を当たり前のように凌駕《りょうが》する。

この蹄が打ち付ける場所の全《すべ》てが足場であり、その眼《まなこ》の見渡《みわた》す全てが地平の向こうまで広がる草原に等しい。

そして見る者を虜《とりこ》にする極彩色の鱗と——額より出でし宝剣《ほうけん》の如《ごと》く光り輝く一角は、森《しん》羅万象《らばんしょう》一切衆生《しゅじょう》に触《ふ》れることを許さない。

触れて無事でいられるのは、麒麟が認めし仁君《じんくん》のみ。

故《ゆえ》に——心を持たぬ英雄《エインヘリヤル》に麒麟の疾走《しっそう》に抗《あらが》える者はいなかった。

虹《にじ》のヴェールを残しながら、麒麟は英雄《エインヘリヤル》の軍勢に突進《とっしん》した。宙を舞《ま》うのではなく、宙を駆ける。不可触《ふかしょく》の一角は英雄《エインヘリヤル》の強固な装甲《そうこう》を紙のように引き裂き、迎《むか》え撃《う》とうとする魔弾は鱗が霧散《むさん》させた。

麒麟の特攻《とっこう》はあまりに一瞬だった。

マリ達を取り囲んでいた英雄《エインヘリヤル》達は、麒麟の疾走によって為《な》す術《すべ》もなくかき消えてしまったのだ。

そうして麒麟は、ゆっくりとマリの元へやってきて、優雅《ゆうが》に顔を彼女にすりつけた。

魔法生物が懐《なつ》くということはあり得ないと言われている。

その通りだろう。

麒麟はマリに懐いているのではなく、彼女の在《あ》り方を尊んでいるのだ。

その証拠《しょうこ》に、マリが霊獣召喚で消費した魔力は極々僅《わず》かだった。

自ら望んで召還に馳せ参じた魔法生物は、この麒麟が初めてだろう。

「……ありがとう」

マリが礼を言って鬣《たてがみ》を一撫でると、麒麟は甲高《かんだか》い嘶きと共に、時空の裂け目へ再び飛び込んでいった。

英雄《エインヘリヤル》を全滅《ぜんめつ》させたマリは、そのまま空に浮かぶマザーグースを睨《にら》んだ。

「……あたしはあんたを止める。この戦争を終わらせてみせる」

「…………」

「タケルとみんなを、守ってみせる……！」

決意に満ちた瞳《ひとみ》と、マザーグースの冷たい瞳がぶつかり合う。

マリの言葉に呼応するように、後ろの全員が再び臨戦態勢に入る。

一瞬で英雄《エインヘリヤル》を全滅させられたマザーグースは、動揺《どうよう》など一切見せずに空に佇んだままだ。

「たいしたものです。人の身で霊獣召喚を成し遂《と》げるとは……生徒だったのはひと月程度でしたが、魔導《まどう》学園の理事長として鼻が高いです」

「ふざけんな……あんたがこんなことをする理由って何よ……！　戦争を止めたいんじゃゃ

なかったの⁉」

「世界を正しい形へ造り替《か》えることが、私の悲願なのです。そのためには、鳳颯月《おおとりそうげつ》を殺さなければなりません。ここで起こった悲劇はその目的を遂行《すいこう》するための通過点です」

颯月を殺す。

その選択《せんたく》が何を招くか知っているマリは、颯月が神であるということを伝えようとした。

「あの男がこの世界の神……いえ、この世界の命そのものであることを私は最初から知っていました。あの男が死ねば世界中から魔導が消え去り、世界は均衡《きんこう》を失い崩壊《ほうかい》する」

「……それを知ってて、どうして……⁉」

「だからこそなのです。あの男が神である限り、この世界は遅《おそ》かれ早かれいずれ破滅《はめつ》する。故に……我々はあの男を殺し、神へと取って代わる」

マリが言葉の意味を理解するより先に、マザーは再び両手を合わせ、目を閉じた。

「ご安心ください。我々が神へと昇華《しょうか》すれば、全て無かったことにできます。世界の汚染《おせん》も、凄惨《せいさん》な戦争も、人の死も……全て元に戻せる」

「あんたが神になろうっての⁉」

「肯定《こうてい》します」

しれっと、マザーグースは言った。

直後、再び魔力が拡散して魔法陣《まほうじん》が空を覆《おお》う。

魔法陣の中から数え切れないほどの英雄《エインヘリヤル》の軍勢が、天使の如く舞い降りる。

「嘘《うそ》よ……馬鹿げてる……！」

マリは絶句し、相対しようとしている存在の強大さを認識《にんしき》する。

目を疑う光景が空に広がっていた。

「——これは、慈悲《じひ》ですよ」

見開かれたマザーの瞳から、血の涙《なみだ》がしたたり落ちる。

再び状況は覆《くつがえ》された。

「こんな数の英雄《エインヘリヤル》を……どう相手にしろというのだ……！」

今度こそ為す術がなかった。麒麟のような霊獣召喚を連発することなどできない。二体や三体ならばまだ相手ができるだろうが、この数は……全てを把握《はあく》しきれないほどの数が立ちはだかっている。

異端《いたん》同盟は生き残る道が見つからず、得物を持つ手を震《ふる》わせるのだった。

＊＊＊

瓦礫《がれき》の陰《かげ》に隠《かく》れていたタケルは、青ざめた顔で動けずにいた。

斑鳩が膝《ひざ》の上にタケルの頭をのせて、額に手を当ててくれている。ひんやりとした掌《てのひら》が心地《ここち》いいが、この心地よさに身を委《ゆだ》ねるわけにはいかなかった。

戦闘音は激しく聞こえてくる。瓦礫の陰になって見えないが、魔力の余波が大地を揺《ゆ》るがしているのがわかった。

「ダメよ。動かないで」

「……そういう……わけにはいかねぇ……」

「聞き分けなさい。こうなることがわかっていて、私達はあんたを連れてきた。本当だったら置いてきていたわよ」

斑鳩は珍《めずら》しく、悲しげな表情をしていた。

愛《いと》しさと慈《いつく》しみの心が掌から伝わってくる。行かないでと、斑鳩の体温は言っていた。

この手を振《ふ》り払《はら》うのは至難だなと、タケルは胸を痛める。

「それでも連れてきたのは……あんたが必要だから。この戦いを終わらせられるのは、たぶんあんたしかいない」

「………」

「みんなどこかでそう思ってる」

草薙キセキも。鳳颯月も。オロチとマザーグースも。

太刀《たち》打《う》ちできるのはタケルだけだと、斑鳩は確信していた。

何故《なぜ》よりによってタケルなのかと皆《みな》が思っていた。幼い頃《ころ》から悲しみを背負い、強くなるためにあらゆるものを犠牲《ぎせい》にし、ごくありふれた人並みの幸せすら味わうことなく生きてきた彼が、何故世界に翻弄《ほんろう》され、利用され、こうも苦しまなければならないのか。

何故戦い続ける宿命にあるのか。

理不尽《りふじん》すぎて、反吐《へど》が出る。

斑鳩はそう思っている。

「私も同じ……あんたを戦わせようとしている自分が、どうしようもなく嫌《いや》」

「………」

自己嫌悪《けんお》をする斑鳩を見るのは何度目だろうか。

いつ見ても新鮮《しんせん》だけれど、あまり何度も見たいものではない。胸が締《し》め付けられてしまう。

タケルは無意識に、斑鳩の頬を撫でた。斑鳩が目を伏《ふ》せる。

「……あんたの出番はまだ先でしょ……妹と喧嘩《けんか》をするために、力を残しておくのよ。他の面倒《めんどう》くさい連中のことは、私達に任せるの」

「…………」

「少しは自分本位になりなさい。世界とか戦争とか、そういうものは無視して、今だけは……自分の目的だけを見ていて」

自分本位になれ、なんて言われたのは初めてかもしれなかった。

だってタケルは、いつだって自分のことしか考えてこなかったのだ。戦争を止めようとしているのも、妹を救おうとしているのも、全部自分のためだったから。

自己犠牲なんてした覚えはないし、しているつもりもなかった。

「そういうわけにも……いかねぇんだ」

言って、タケルは身体《からだ》を起こした。

額から斑鳩の手が、名残惜《なごりお》しそうに離《はな》れる。

瓦礫に手をついて、戦場へ出ようとするタケルの背中は、今までの頼《たよ》りになるものとはほど遠い。

だが、

「仲間が一人でも死んじまったら……俺の願いは叶《かな》わなくなる」

意志だけは決して折れてはいなかった。

斑鳩はそんな彼の背中に呟《つぶや》く。

「……ほんとに……わがまま」

タケルは苦笑《くしょう》して、振り返らずに歩き始める。

もうぶれる視界を気にする必要はない。

「ラピス、征《ゆ》けるか」

相棒に問いかける。

《……もちろんです。宿主》

ラピスの声を聞くと、不思議と脳の悲鳴が収まった。

ラピスはもうタケルを止めようとしたりはしない。彼女も他の仲間達と同じように、タケルを止めようとしても無駄《むだ》だということがわかっているからだ。

そして何よりも、ラピスはタケルの相棒だ。

剣《けん》と使い手は一つ。

言葉など、もはや不要だ。

「身体強化に全神経を傾《かたむ》けてくれ。俺の身体が壊《こわ》れないように……頼《たの》んだぞ」

《はい。あなたの技から、あなたを守ります。神狩《かみが》り化の使用は推奨《すいしょう》できません。魂《たましい》の融《ゆう》

合《ごう》が抑《おさ》えられるのは、恐《おそ》らくあと一回が限界でしょう》

「師匠《ししょう》達相手にそうも言ってらんねぇよ……もしもの時は桜花を信じるしかない」

タケルは右手にミスティルテインを出現させる。

一〇〇メートル先で、桜花やマリ達がマザーグースと対峙《たいじ》しているのが見える。

空からは光の柱と共に、幾多《いくた》の英雄《エインヘリヤル》が舞《ま》い降りている。

世界の終わりを連想させる光景を遠目に見ながら、タケルは息を深く吐《は》いて、止める。

一人も死なせはしない。

この力は——守るために得た力なのだから。

タケルは掃魔刀《そうまとう》の暴走を抑えることを、止《や》めた。

——世界が停止する。

——空間の全《すべ》てが手に取るようにわかる。

——気が狂《くる》いそうな頭痛の中で、意識が先鋭化《せんえい》されていく。

あの時と同じだ。鐵隼人《くろがねはやと》との戦いの時と同様に、人間らしい思考が失われていくのがわかる。ただ一つの欲求のみを求めて猛進《もうしん》する獣《けもの》の心になっていく。

鬼《おに》の心になっていく。

守る。守る、守る。

守り通し、守り貫《ぬ》き、手に入れる。

タケルは真っ赤に染まった目を細めて、剣を前へ振り下ろす。

そして――

「限りなき願い《Summis desiderantes affectibus》をもって――」

切っ先をマザーグースへ向けると同時に、横薙《よこな》ぎに振り払った。

「――魔女に与える鉄槌《Malleus Maleficarum》を」

身体が装甲《そうこう》に包まれ、力が漲《みなぎ》る。

さあ征こう。仲間を守りに征こう。

タケルは刀身を鞘《さや》へ収め、親指を鍔《つば》へと引っかけて、思い切り反発力をため込んだ。

そして腰《こし》を低く沈《しず》めて、足のバネに全神経を傾ける。

煮《に》えたぎるような熱さの白い吐息《といき》が漏《も》れる。止まった世界では蒸気化した息ですら止まっていた。

その中でタケルは活動を開始する。

顔を上げると同時に、足のバネを解放した。

「草薙諸刃流《もろは》――――天ノ邪鬼《アマノジャク》」

最初の敵までは直線距離《きょり》で二〇〇メートル。上空五〇メートルに浮《う》いているが関係無い。

今のタケルならば――一歩でたどり着ける。

バネを解放した瞬間《しゅんかん》、タケルは最初の英雄《エインヘリヤル》の前にいた。

たとえ歴戦の猛者《もさ》の魂と経験が付与《ふよ》されていようとも、この動きは捕《と》らえることができない。鞘から刀身を解放し、一気に敵の胴《どう》を斜《なな》めに斬《き》る。

斬った直後も変化は無い。切断の衝撃《しょうげき》によって装甲が、ゆっ……くりと弾《はじ》け飛ぶ。

タケルは英雄《エインヘリヤル》が破砕《はさい》する前に、その残骸《ざんがい》を蹴《け》って跳躍《ちょうやく》し、次の英雄《エインヘリヤル》へ奇襲《きしゅう》をかける。

「――蟷螂坂《カマキリザカ》」

前方向へ回転しながら、英雄《エインヘリヤル》の脳天へラピスの刀身をぶちかます。

刃《は》が頭部へ当たった直後に、さらに威力《いりょく》を増すために峰《みね》に足をのせて蹴る。

英雄《エインヘリヤル》の頭部の残骸を足場にさらに跳躍。

「刀身伸《の》ばせ」

返事は聞こえない。だが、ラピスは命令通りに刀身を可能な限り伸ばした。

五〇メートルまで伸びた大太刀を、タケルは身体を捻《ひね》って腰の後ろで柄《つか》を握《にぎ》りしめる。

「――片車輪《かたしゃりん》」

全方位抜刀術《ばっとう》により、タケルは一気に上空の英雄《エインヘリヤル》を二〇体屠《ほふ》る。

周囲には残り一五体。

　そろそろ視界が明滅《めいめつ》し始めてきた。急がなければ、戻《もど》れなくなる。守るのは自分の命も含《ふく》まれているのだから引き際は大切だ。

「——滅槍《めっそう》・一角獣《いっかくじゅう》」

　故《ゆえ》にタケルはさらに加速した。

「——八岐大蛇《ヤマタノオロチ》」

　残り一〇体、五体、三体。

　技の全てを出し切って、タケルは限界を迎《むか》える。

「■■■■■■■■■■■ッ！」

　およそ人のものとは思えないような咆哮《ほうこう》を上げて、タケルは最後の一体を死後の世界へと送り返した。

　四〇体近くを屠ったタケルは、桜花達の前に着地する。

　刀をゆっくりと鞘へ。

　鞘と鍔のぶつかり合う金属音が響《ひび》いた直後に、掃魔刀に蓋《ふた》をする。

　瞬間——上空の英雄《エインヘリヤル》の半数が、爆砕《ばくさい》した。

　衝撃とも乱気流ともいえぬ風が渦《うず》を巻く中で、いつの間にか目の前にいるタケルに桜花達が目を見開く。

全ては一瞬だった。次々と爆砕していく英雄《エインヘリヤル》に気を取られていた次の瞬間にタケルが目の前にいたのだ。

「……タケル……？」

膝《ひざ》をついた姿勢のまま動かないタケルの背中に、桜花が呼びかける。

タケルは数秒間身体を震《ふる》わせていたが、すぐに立ち上がった。

「今のは……お前がやったのか……？」

震えた声で桜花が問うと、タケルはいつも通りの顔つきで振《ふ》り向いた。

いつも通りの、人の良さそうな笑顔《えがお》で。

「心配かけたな。もう大丈夫《だいじょうぶ》だ」

胸を拳《こぶし》で叩《たた》いてみせて、皆《みな》を安心させようとタケルは言った。

虚勢《きょせい》であることが、三五小隊メンバーには一目でわかる。

右目から血が滴《したた》っていた。

タケルはすぐに目元を指で拭《ぬぐ》った。右目は失明していた。

《すぐに視神経を再生、再接続します……掃魔刀は、くれぐれも長時間の使用は控《ひか》えてください》

心の中で肯定《こうてい》を返して、片目だけで仲間達を見回した。

皆、何が起こったのかわからなかったのだろう。それだけの速さでタケルは英雄《エインヘリヤル》に攻撃《こうげき》をしかけていたのだ。

タケルは皆に心配をかけないためにいつもの苦笑を浮かべて何か言おうとした。

が、

「——お前さんは相変わらず、技《わざ》の使い方がなってねぇな」

背後で声がして、タケルは勢いよく振り返った。

空中に浮遊《ふゆう》するマザーグース。そしてもう一人、瓦礫《がれき》の上でこちらを見つめる人影《ひとかげ》があった。

一瞬、タケルにはそれが誰《だれ》なのかわからなかった。

お前さん、なんて人のことを呼ぶ人間は一人しかいない。

だがそこにいるのは若い青年だ。歳《とし》はタケルと同じくらいだろうか。長い黒髪《くろかみ》を風に遊ばせて、真っ赤な瞳《ひとみ》をギラつかせながら、刀を肩《かた》に担《かつ》いでいる。顎《あご》を上げ、口元から覗《のぞ》く牙《きば》を見せつけるように笑うその仕草を見て、タケルはまさかと思う。

片肌脱《かたはだぬ》ぎにしており血みどろではあるのだが、その着物には見覚えがある。

何よりその顔の造形は——タケルによく似ていた。

「あんたまさか……師匠か……!?」

「おう。カカカ、なんでぇその面《つら》、若々しくてびっくりしたか?」

青年が楽しげに笑う。

あの特徴《とくちょう》的な笑い方は、間違《まちが》いなく草薙オロチだ。

しかしどういうことだ。オロチの実年齢《じつねんれい》は一五〇を越《こ》えているし、外見年齢は四〇代ほどだったはず。今はどう見ても二十歳《はたち》前だ。声までもタケルにそっくりだった。

「吸血鬼《きゅうけつき》の細胞《さいぼう》を埋《う》め込んだっつっても、不老なわけじゃねぇからさぁすがにガタがきてな。一世一代の戦いに備えて、ちっとばかし補給させてもらった」

「補給……? 何言ってる……!?」

タケルが警戒《けいかい》しつつ問うと、オロチは口の端《はし》をつり上げて邪悪《じゃあく》に笑った。

「──喰《く》ったんだよ。この街の人間の半数をな」

耳を疑う真実に、タケルの背筋が凍《こお》り付く。

喰った?

何万人もいたはずの街の人間を?

だから、学園にたどり着くまで生きている人間に出会わなかったのか?

「言っちまえば細胞を埋め込まれてる俺様は半吸血鬼……ダンピールって言うんだっけか？　それに近い状態だ」

「……っ」

「この種族は昔っから便利でよ。理想的な不老不死の体現として研究が続けられてたらしい。で、その研究成果の第一号かつ唯一《ゆいいつ》の成功例が俺様だったわけだ」

それは前に聞いたことがあった。

吸血鬼と呼ばれる種族は一〇〇〇年も前に絶滅《ぜつめつ》したが、都市伝説的な存在としてダンピールと呼ばれる人と吸血鬼の混血種が生き残っているという噂《うわさ》があった。ダンピールは数千年前の歴史書に名を残すのみで存在は確定されていなかった。

だが、科学、魔科学の双方《そうほう》で研究が盛《さか》んに行われていたのも事実であり、吸血鬼の細胞を移植する実験は魔女《まじょ》狩《が》り戦争中期に行われていた。

結果は失敗。成功例は無いと言われていたが……オロチは自分がその成功例の実物だと語っていた。

ダンピールは吸血鬼の欠点の多くを払拭《ふっしょく》している。

また半不老不死であり、血を吸うことで傷を癒《いや》し、老いを止めることができる。

オロチは口元についていた血を手で拭い、口にくわえていた爪楊枝《つまようじ》をペッと吐《は》きだした。

「いやおかげで文字通り若返ったよ。一五〇年ぶりの食事だ、美味《うま》かったねぇ」

「…………」

「知ってるか？　腹が減っては戦《いくさ》はできぬって言葉、実は草薙の祖先が残した言葉なんだぜ？」

「…………」

「笑えよ、タケル。冗談《じょうだん》だ」

オロチは目だけはギラつかせたまま、タケルを見下すように笑う。

草薙家の中でも、オロチは異端《いたん》だった。この男に限っては、魂《たましい》も鬼ならば、肉体も鬼と言ってよかった。

だが……心根は人であるとタケルは信じていた。

厳しく、容赦《ようしゃ》が無くて、わがままで、自己中心的な人ではあったけれど、面倒見《めんどうみ》がよく、頼《たよ》れる人だった。

もう一人の父のように思っていた。

それなのに……。

それなのに――！

「――っ、何をしてんだよォオ！　あんたはァ！」

怒《いか》りと悲しみに顔を歪《ゆが》ませて、タケルは叫《さけ》んだ。

タケルが動こうとした瞬間、オロチが目に見えぬ速さで肩に担いでいた刀の切っ先をタケルへ向けた。

ぞわりと、怖気《おぞけ》立つ。

その場にいた全員が動けなくなる。

気迫《きはく》の違《ちが》い。格の違い。生物としての質の違い。

鐵隼人を前にした時と同等かそれ以上の畏怖《いふ》に、生物としての生存本能そのものが悲鳴を上げそうになる。

「何をって……お前さんと同じだよ。俺様は自分の目的だけのために動いてる。ミコトを取り戻す……それだけのためだ」

「そのためにこの街の人間を喰ったのか……？　関係無い人も……女、子供も……！」

「ああ、喰ったさ。血は若けりゃ若いほどいいからな。俺様はミコトが蘇《よみがえ》って、ふつーに生きてさえくれりゃ、この世界がどうなろうと知ったこっちゃねえ」

タケルの目の前が赤く染まる。

数え切れないほどの恩がある。信頼《しんらい》もある。情もある。尊敬だってしていた。

だが――もはや目の前のこの男を、許すわけにはいかない。

鬼《おに》としてではなく、草薙タケルとしてでもなく。

タケルの中に根付いた人としての部分が、許すわけにはいかないと激怒《げきど》していた。

「なんだお前、一丁前に正義の味方か……それでも草薙の男か？」

「この世界に破滅をもたらすなら、あんたは俺の敵だ……！」

「破滅？　ああ……安心しろよ。俺とマザーが神になりゃ、全部元通りにできるっつったろぉ？　リセットだ。死んだ奴《やつ》もみぃんな帰ってくるんさ。ハハハッ！　これ以上のハッピーエンドがあんのかよ！」

左手を広げて拳を握《にぎ》りながら、オロチは言った。自分で言っておきながら、まるでそんなことはオマケだと言わんばかりだった。

タケルは奥歯をギシリと鳴らして、激怒する。

「糞喰《くそく》らえだ……！　俺は今この時、この瞬間《しゅんかん》にしか興味はねぇ……！　俺はあんたを認めない！」

「…………」

「たとえ絶望しかなくても、どんなに苦しくても、俺はこの世界で救わなくちゃ意味がねえんだ！」

タケルは剣《けん》を構え、切っ先をオロチへ向ける。

オロチは目を細めて、少しだけうらやましそうにタケルを見た。

「失ったことがねぇ奴が言うことは気持ちがいいねぇ……まあ、理解し合うつもりなんざお互《たが》いにさらさらねぇよな。そうさそうさ、それが草薙ってもんさ」

「…………！」

「理解もできねぇ、許容もできねぇ……じゃあ――どうすんだタケル？　どうすんだよ、タケル。こっちに向いてるその剣で、その刃《やいば》で、その切っ先で――この俺様をどぉすんだァ⁉」

顎を上げて煽《あお》るように言いながら、オロチは牙を剝《む》きだしにして怒りと歓喜《かんき》を同時にふき出した。

タケルは意を決し、その怒りに真っ向から対峙《たいじ》する。

「草薙諸刃《もろは》流皆伝《かいでん》、草薙嶂《たける》！　師匠《ししょう》……あんたを――斬《き》るッ！」

対するオロチは鈍《にぶ》く光る刀を振《ふ》り払《はら》い、喜びをもってタケルの宣戦布告を受け止める。

「草薙諸刃流師範代《しはんだい》、草薙大蛇《オロチ》――捻《ひね》ってやる！　来な、馬鹿弟子《ばかでし》！」

そして、オロチは背を向けて跳躍《ちょうやく》し、その場を離《はな》れて学園の奥へ。

逃《に》げたわけではないだろう。オロチはタケルとの一対一の対決を望んでいるのだ。

「タケル、ここは私達に任せておけ」

桜花がタケルの肩に手を置いて言った。

「しかし！」

「大丈夫《だいじょうぶ》だ。お前のおかげで英雄《エインヘリャル》はかなり始末できた。あの男を追ってくれ。魔女は私達で対処する」

踏《ふ》みとどまろうとしたタケルだったが、他の仲間達が頷《うなず》いたのを見て、刀を握りしめた。

「――すまん。後を頼《たの》んだ！」

そう言い残し、タケルはオロチの後を追う。

正直に言えば、タケルとしてもオロチとは一人で戦いたかった。

仲間の力を信頼していないわけではない。

剣術家としての意地でもない。

かつてオロチが言っていた。

――草薙の男は言葉じゃ語らない。頭わりぃから、うまく会話ができねぇんだよ。

――だから俺達草薙は、剣で語るんだ。

「…………」

その言葉を、タケルは今も覚えている。

ぶつかり合うしかない。

オロチはわかり合うことはできないと言っていたが、タケルはまだそうは思っていなかった。

剣で語り合うことしかできないのなら、存分に刃《やいば》を交えて、彼の真意を知りたかったのだ。

何か理由があるはずだ。オロチは自分のわがままで弱者を虐殺《ぎゃくさつ》したり、全部無かったことにしようとするような人間ではない。

まだタケルは、あのオロチがここまでの非道を行ったことが信じられなかった。

否。信じたくなかったのだ。

第四章　東の白き魔女《まじょ》

桜花《おうか》達はタケルを見送った後、再びマザーグースと対峙《たいじ》した。

タケルにはああ言ったが、状況《じょうきょう》は好転してはいない。残りの英雄《エインヘリヤル》とマザーグースにこのメンバーだけで対処しなければならないのだ。

《敵は英雄《エインヘリヤル》を召喚《しょうかん》しているけど、素体は相変わらず吸魔《きゅうま》素材を抗魔《こうま》素材で覆《おお》ったドラグーン、つまり魔導竜騎兵《まどうりゅうきへい》……魂を定着させているだけのまがい物よ。たぶん、英雄召喚といっても魂しか喚《よ》び出せないと見て間違《まちが》いない》

過去の戦いの残骸《ざんがい》から得た情報により、英雄《エインヘリヤル》のメカニズムについて斑鳩《いかるが》は熟知していた。吸魔素材が呪符《インスタント》の素材になるように、魔導竜騎兵は英雄召喚を擬似《ぎじ》的に成功させるための呪符《インスタント》なのだろう。

《無限に喚び出せるように見えるけど、絶対に数に限りがあるはずだし、稼働《かどう》時間もそこまで長くないはず》

だが斑鳩も、そこに勝機があると言っているわけではなかった。

まだかなりの英雄《エインヘリヤル》が残っている上に、術者たるマザーグースは無傷で健在だ。

「……どうしても引けませんか？　オロチはああ言っていますが、私はあなた方を犠牲《ぎせい》にする必要性を感じません」

「………」

「これは私からの願いです。どうか、これ以上戦いを続けるのは止《や》めていただきたいのです」

マザーグースは事ここに至ってもまだ猶予《ゆうよ》を与《あた》えてくれるらしい。

こちらからしかけない限り手を出すつもりはないとでも言うように、マザーグースは祈《いの》りの姿勢のまま動かない。

見上げた慈悲深《じひぶか》さと度し難い厚かましさだ。

これだけの破壊《はかい》と虐殺を行っておいて何を言っているのか。こちらにはいまさら引くつもりなどさらさら無かった。

三五小隊以外のチームも、それは同じだ。

和解もなければ、許すつもりもない。

「鳳殿《おおとりどの》……英雄《エインヘリヤル》は我らに任せてくれ。三五小隊は白き魔女を相手にするのが得策だろう」

セージが桜花と背中合わせに立ち、言った。

「この数をお前達だけで処理できるか？」

桜花が問うと、セージは剣を翻《ひるがえ》した。

「貴殿《きでん》らほどではないにしても、我々はこれでも精鋭《せいえい》を自称《じしょう》しているのでな……何より、貴殿には借りがある。任せてほしい」

借りと聞いて、桜花は疑問を抱《いだ》く。

タケルならともかくとして、桜花にはセージに貸しを作った覚えなどなかった。

「いずれ貴殿にはきちんと礼をさせてもらうつもりでいる。お互い死なずに戦いを終えたいものだ」

「待て……私は以前、お前とどこかで会ったか？」

「いいや。同盟を結成した時が初見だ」

セージが小さく笑い、部下と共に英雄《エインヘリヤル》達へ向けて歩き出す。

「行け。行って終わらせてくれ……この無益な戦争を」

セージの背中に何か言おうとしたが、それよりも先に神々の残火の面々がセージ達の後を追うのが見えた。

「私はあなた方に借りはありませんが、ここで貸しを作っておくのも悪くはありません」

「……帝《みかど》」

「あなた方は強敵一つを相手にするのが得意なようですが、我々は大群を相手にする方が性《しょう》に合っていますので」

柚子穂《ゆずほ》は一度も振り向かずに、部下と共に歩み征《ゆ》く。

「戦争が終わった後、あなた方と敵として相対することを楽しみにしていますよ」

不敵なことを言いながらも、その声音《こわね》は穏《おだ》やかなものだった。

さらには、京夜《きょうや》までもが桜花達から離れていく。

「俺も好きにやらせてもらうぜ。てめぇらはてめぇらで好きにやれ」

肩《かた》にネロを担《かつ》いで、京夜は力強い足取りで英雄《エインヘリヤル》達へ向かっていく。

「前にも言ったが、俺は雑魚《ざこ》小隊に腰《こし》を据《す》えるつもりはねぇんだ。臨機応変に動かせてもらう」

「……霧ヶ谷《きりがや》、お前は」

もう一人で足掻《あが》かなくてもいいのだ。

そう言おうとした時、京夜が肩を震《ふる》わせて笑った。

「俺の復讐《ふくしゅう》はまだ終わっちゃいねぇ。あのクソ神父も、クソ理事長もこの俺がぶっ殺す。この私闘《しとう》はてめぇらには関係ねぇことだ。俺がやらなくちゃいけねぇ……俺がやらなきゃ前に進めねぇ……！」

「…………」

「お前ならわかるだろ……鳳よぉ！　俺は復讐を果たすために必要なことをする、それだけだ！」

　走り出した京夜の背中に、桜花は何も言わなかった。

　痛いほど彼の気持ちがわかるからだ。

　復讐は自分で果たさなければ意味がない。桜花も結局、最後は自分の手で復讐を完遂《かんすい》した。虚《むな》しさだけで終わらずに済んだのは、仲間やタケルがいたからだ。

　そして京夜にも、今は残された大切な人がいる。吉水明《よしみずあきら》がいる限り、彼の復讐は虚しさだけでは終わらない。

　桜花は目を閉じて、仲間と共に再びマザーグースと向かい合った。

　そして、

「……西園寺《さいおんじ》、お前は杉波《すぎなみ》と一緒《いっしょ》にタケルを追いかけろ」

　桜花の言葉に、うさぎは驚《おどろ》いて聞き返そうとした。

「隙《すき》を突《つ》いてタケルに最適な援護《えんご》ができるのは西園寺だけだ」

「で、でも……わたくしは……！」

　あの動きについていけるだけの自信が無い。

　当然だ。桜花達ですら目で追うことができない速さに圧倒《あっとう》されてしまったのだ。魔法《まほう》的な強化を一切《いっさい》受けていないうさぎには荷が重いだろう。

だが絶望的な戦いを強《し》いられているのは皆《みな》同じ。それでもタケルを助けられる可能性が一番高いのは西園寺うさぎだと、桜花は思っていた。

マリも桜花の隣《となり》に並びながら、肩をすくめる。

「あたしも賛成。うさぎちゃんって自分で思っている以上に人間やめちゃってるしね」

「やめてないですけど!?」

何気に酷《ひど》い言われようだった。

「いつもここぞってところであたしらを助けてくれるんだよね。なんだかんだ一番いいともっていくのが我らのうさぎちゃん!」

「だな」

桜花はマリに返事を返しながら、両肘《りようひじ》の射突《しやとつ》機構に杭《くい》をリロードする。マリも足下《あしもと》に魔《ま》法陣《ほうじん》を浮《う》かび上がらせた。

二人の背中が、タケルを頼むと、うさぎに告げている。

うさぎの身体《からだ》が震えそうになる。うさぎは自分の震えがどこからくるのかを考える。

恐怖《きようふ》か。緊張《きんちよう》か。はたまた疲労《ひろう》か。

それが武者震いだと気づいたのは、震えているのは身体だけで、心は熱を帯びていたからだった。

うさぎは銃《じゅう》のベルトを肩に担ぎ、二人の背中に告げる。

「──死んだら承知しませんわよ！　二人とも！」

「了解《りょうかい》」

そしてうさぎは走り出す。

タケルの元へ。

＊＊＊

魔導学園ウェストサイド第七学徒分隊。

忌《い》むべき魔力を持つ隊長と、欠点だらけの隊員で構成されたこの分隊は、学園の暗部として汚《よご》れ仕事を任され続けてきた。

どれだけ功績を上げようと、積み重なるのは汚名《おめい》ばかり。果ては上から仲間を見殺しにするように命令され、離反《りはん》。異端《いたん》同盟へと加入することとなった。

たとえ異端になろうとも、彼らは純血の誇《ほこ》りを失ったわけではない。

弱きを守り、弱きを導くは純血の務め。

いかな理由があろうとも、弱きを踏《ふ》みにじる者を許しはしない。

故《ゆえ》に——彼らはこの戦いを嫌悪《けんお》する。

彼らは魔力の有無《うむ》にかかわらず、守るべき者へと救いの手を差し伸《の》べ続けるだろう。

討《う》つべき者に慈悲など与えはしないだろう。

どれだけ汚名を着せられようとも、少しも理解されずとも、彼らは誇りを抱《いだ》き続ける。

「……お前達。これまで私についてきてくれたこと……礼を言う。いつも苦労をかけてすまない」

セージにそう言われて、部下達は顔を青くしてぎょっとした。

セージは気づかず続けようとする。

「この戦いに生き残ることができたら、私は——」

「たたた隊長殿《どの》！　そのへんにしておきましょう！　それ以上はいけない！」

「そ、そうですっ。あなたがそういうことを言い出すといつもろくな事にならないっ」

「こら貴様！　そんなにはっきり言うことないでしょう!?　隊長だって気にしていらっしゃるのよ!?」

妙《みょう》なフラグを立てられるのを阻止《そし》すべく隊員達が狼狽《ろうばい》し始める。

実際、セージはいつも絶望的な状況になるとこうして皆への感謝を告げ、帰ったら祝杯《しゅくはい》をあげようだの、生きて戻《もど》れたら学食のモッツァレラトマトパスタを食べようだの、感傷的かつ余計な一言を残して特攻《とっこう》をしかけるのだ。

そういう時に限っていつも超絶《ちょうぜつ》大ピンチが訪《おとず》れるので、いい加減自覚してほしいと部下達は思っているのだが……。

「フッ……そうだな。柄《がら》にもないことを言うものではない……か」

マイペースなセージは、隊員達の言葉を気にした風もなくニヒルに笑っていた。

昔からそうだった。セージは信頼《しんらい》できて立派に隊長を務めているが、若干《じゃっかん》天然の気《け》があり、分隊の仲間達は結構彼に振《ふ》り回されることがあった。

しかしそんなところも含《ふく》めて、部下達はセージのことを慕《した》っている。

彼はよくも悪くも、嘘偽《うそいつわ》りのない人間なのだ。

「言葉は不要か。では征こう。絶望的な戦力差は今に始まったことではない」

セージは魔杖剣《まじょうけん》『フルンティング』を騎士《きし》のように眼前に構えて、歩きながら錆《さび》色の魔法陣を展開する。

自らの忌むべき色に、セージは目を細めた。

古代属性《エンシエントプロパティ》『錆』……それは純血の徒にとって汚れた血を連想させるため、忌むべき力として嫌悪されている。

だが、魔力属性によって人の心が左右されるなど断じてあり得ないことを、セージは知っていた。『鋳』である自分とは対照的な、『輝』属性の持ち主だった義姉《あね》が闇《やみ》に落ちてしまったように、人は経験と記憶《きおく》によってその性質が決まる。

セージが外側の世界へやってきた理由は、仲間の一人を救出するためだけではなかった。

信念の行き違《ちが》いで勘当《かんどう》されていた父に頼《たの》まれていたのだ。

もしもの時は義姉を止めてほしい、と。

だがその一件も、こちら側へ来た時には鳳桜花のおかげで片付いていた。

故に、もはや戦う理由はこの戦争を止めることのみ。

「……ようやく大義名分のある、純血らしい戦いに身を投じられる。相手が機械人形というのは少々不服だが、この戦いには大いなる意味がある」

重畳《ちようじよう》。第七分隊は何の迷いもしがらみもなく、戦いへと挑《いど》む。

この戦争を止める。

たとえ誰《だれ》にも知られることがなくとも、その誉《ほま》れ、その誇りは、今まで汚れた分隊と蔑《さげす》まれてきた自分らの屈辱《くつじよく》と後悔《こうかい》に見合う戦いとなるだろう。

「第七学徒分隊隊長、セージ・ヴァレンシュタイン——いざ征かん！」

杖《つえ》を翻《ひるがえ》し、第七分隊は誉れある戦いに身を投じた。

＊＊＊

神々の残火第六巫女《みこ》近衛《このえ》部隊。

宗教連合から始まり、全く新しい超存在《ちょう》としての神を崇《あが》める団体に変化していった神々の残火だったが、神と交信できる可能性を有した巫女と呼ばれる存在によっていくつもの派閥《はばつ》が生まれていった。

実際に、超存在としての神との交信に成功した巫女はいない。巫女の力は信仰力《しんこう》と発生させる奇跡《きせき》の強大さ……言い換《か》えれば、魔力の量と魔法の威力《いりょく》によって示される。

十二人いる巫女の中でも、第六巫女の力は弱かった。というよりは、起こす奇跡が派手さに欠けたのだ。

帝柚子穂がかつて仕えていた第一巫女はもっとも力を持つ巫女として、多くの信者を従えている。されど柚子穂はかねてより奇跡の派手さだけに固執《こしゅう》する第一巫女の派閥に疑問を抱いていた。

第六巫女と出会ったのはそんな折だった。奇跡の力が地味であろうと、彼女の慈悲《じひ》深《ぶか》き信仰心に感銘《かんめい》を受け、周りの反対を押し切って第六巫女の近衛隊長に就任したのである。

強きが弱きを守るのは尊い。

だが、弱きが弱きを守ろうとする……そんな第六巫女の敬虔《けいけん》な姿勢に、柚子穂は惚《ほ》れたのだ。柚子穂が第六近衛隊長に就任した後に起こったことは、同盟結成の際にタケル達に話した通りだ。

祈《いの》りと共に、柚子穂は一人英雄《エインヘリャル》へ向けて歩き出す。

後方の部下達は皆足を止め、地面に膝《ひざ》をつき、両手を重ねて刻印陣《じん》を発生させている。

「「「「我らは神の御手《みて》より授《さず》かりし、奇跡を使わす者なり。我らは清き泉の使徒なり、邪《じゃ》を払《はら》う者なり」」」」

詠唱《えいしょう》と同じ意味を持つ『教え』を口にしながら、部下達が刻印陣を柚子穂の足下の陣へと直結させる。部下と線で繋《つな》がれた柚子穂の刻印陣がいっそう輝《かがや》きを増す。

そして、柚子穂が足を止めて両手で槍《やり》を地面に打ち付けた瞬間《しゅんかん》、柚子穂の身体を白銀の鎧《よろい》が包んだ。

「我、弱き者達の礎《いしずえ》とならん」

柚子穂は目を見開き、内に宿った部下達の力を解放する。

五人の部下が柚子穂に強化を与《あた》え、その力をもって柚子穂が魔を打ち払う。

それが第六近衛の連携《れんけい》だ。

「第六巫女近衛部隊隊長、帝柚子穂——参ります！」

それが──弱き者達が守るための、強き力だ。

＊＊＊

霧ヶ谷京夜は肩《かた》にネロを担《かつ》ぎながら、空を見上げて口元に笑《え》みを浮かべる。

曇天《どんてん》から、雨粒《あまつぶ》が降り始めていた。

不穏《ふおん》な感じだ。不吉《ふきつ》な感じだ。雷《かみなり》まで鳴っている。

──戦うには良い天気だ。

「なあ、クソ銃」

京夜は何気なく、ネロに声をかけた。

《…………何だい》

「てめぇ、俺に言ったよな。復讐《ふくしゅう》心がなくちゃ俺と契約《けいやく》している意味がねぇってよ」

《…………》

「そもそもよぉ、てめぇらは理事長の所有物だろ？　鳳桜花のヴラドにしろてめぇにしろ、俺達に協力する意味がどこにあんだ？」

京夜の問いに、ネロはふんと鼻を鳴らした。

《私らレリックイーターに目的なんか無い。契約して、代償《だいしょう》をもらって、戦えればそれでいいんだよ。どうやって生まれたのかとか、どうやって人格が宿ったのかとか、気にするのなんてヴラドぐらいのもんよ。特に私はさぁ、ご主人とか明がどうなろうと知ったこっちゃないんだよねぇ〜。死んだら別の誰かと契約するだけだしぃ、廃人《はいじん》になったって乗り換えるだけなんだよ》

「…………」

《あんたみたいなご主人がいっっっちばん困るんだよねぇ。死にもしないし、廃人にもならない……ただ無為《むい》に契約を続けるだけで、激情もどっかいっちゃったし。お腹空《なかす》いて仕方がないんだよ》

代償をもらって戦えればそれでいい。

つまり、飯をもらって暴れることができればそれでいいと、ネロは言う。

京夜は笑った。

シンプルだ。この裏表が無い感じは、胸糞《むなくそ》悪くなるが単純で笑えてくる。

今思えば、ネロと契約したのは必然だったのかもしれない。

こいつは自分の性根《しょうね》に似ている。

困ると言うならばさっさと契約を破棄《はき》して見捨てればいいものを、ネロはそうしない。

何故か？

《それでも……あんたの復讐心は今までの中で一番美味《うま》かった。あーあ、もったいねーもったいねー》

だから固執する。

まったくもって、素直《すなお》じゃない。

気に入っているならそう言えばいいものを。

「俺に復讐心がもうないだと？　てめぇ、どの口がそんなこと言ってんだ？」

京夜は唾《つば》を吐《は》き捨てて、歯をむき出しにして笑う。

「今から極上《ごくじょう》のもんを喰《く》わしてやるよ……！　腹ぁ空いてんだろ、たらふく喰いやがれ！」

京夜が怒《いか》りをたぎらせる。

同時に彼の足下《あしもと》に深緑の魔《ま》法陣《ほうじん》が展開、京夜の体内を毒が侵食《しんしょく》し始めた。

「今の俺ぁ絶好調だぜクソ銃《じゅう》！　しがらみもねぇ、迷いもねぇ、止める奴《やつ》は一人もいねぇ、生きて帰ってくるのを待ってる奴がいるだけ……！　だったらやることは一つだ！　てめぇの怒りを仇《かたき》にぶつけるだけでいいんざ、こんな気持ちいいこと他《ほか》にねぇだろ！」

《…………》

「──復讐だ！　待ちに待った復讐だ！　やってやろうぜネロ！　ぶっ殺す！　連中のど

たまぶっとばしてスカッとしようじゃねぇか！」

復讐。それが自分達の力だ。生き残るための力だ。

そう言わんばかりに舌を出して、狂気《きょうき》と呼ぶにはあまりに俗物《ぞくぶつ》な表情で、京夜は走り出す。

最初に目をつけた英雄《エインヘリヤル》。あいつが最初の復讐相手だ。

恨《うら》みがない？　知ったことか。今から自分の前にいるのは全部復讐相手だ。善も悪も関係無い。手当たり次第《しだい》当たり散らして憂《う》さを晴らす。

一五小隊は在学中、周りから小物小物と言われてきた。中途半端《ちゅうとはんぱ》な凡人《ぼんじん》が集まって、徒党を組んでいるだけなのにふんぞり返って見栄を張るだけの連中だと、陰《かげ》で笑われてたのを京夜は知っていた。努力してもいつもナンバー13かナンバー14が関の山。才能なんか欠片《かけら》もない。一丁前にがんばってもそれなり止まり。

隊長である京夜もそうだ。彼は自分の小物ぶりを自覚していた。

だから何だと彼は笑う。

足掻《あが》いても足掻いても天才には追いつけない。

だからどうしたと彼は笑う。

小物上等。俗物上等だ。

《……のどごし爽《さわ》やかなのは好きじゃないんだけどな》

「喰わず嫌《ぎら》いはよくねぇな！」

跳躍《ちょうやく》し、京夜は英雄《エインヘリヤル》の眼前にショットガンを突《つ》きつけた。

零距離《ゼロきょり》からのバックショット。

が、威力が低い。この至近距離からでもダメ。

だからどうした。

連射する。トリガーを引きまくって何度も何度も連射する。

それでもダメ。敵は英雄《エインヘリヤル》、倒《たお》せない。

レールガンがこちらを向く。魔弾《まだん》が放たれる。

京夜は無様に転がって、放たれた魔弾を回避《かいひ》する。転がった勢いのまま立ち上がり、今度は旋棍《せんこん》形態で英雄《エインヘリヤル》をしこたま殴《なぐ》る。

ダメ。ダメ。倒れない。弱い。弱すぎる。足りない。足りない。足りない。

足りない足りないもっともっともっと殴れ殴れ殴れ殴れ殴れ！

自分はそうして無様に続けてきたのだから！

執念《しゅうねん》しか自分にはないのだから！

「ううううるぁああああぁあぁぁあぁあぁぁぁあぁぁあああぁあッッ！」

一発一発ごとに少しずつ少しずつ前へ出る。威力が上がる。
そうしてようやく……京夜は一体の英雄《エインヘリヤル》を始末した。
息を荒《あら》らげ、京夜は汗《あせ》だくになりながら楽しげに笑う。
自分を取り囲むように、英雄《エインヘリヤル》が三体、空中に浮《う》かんでいた。
京夜は笑う。ネロも笑う。
《まああかなー。空腹は～、最高のスパイスって言うしねぇ？》
絶望的な状況下《じょうきょうか》で、ネロが挑発《ちょうはつ》してくる。
上等だ。こうでなくっちゃあならない。
楽しげに旋棍形態のネロを構える。
そして京夜は、
「対魔導学園一五試験小隊――復讐、開始だァッ！」
仲間の無念と共に、嬉々《きき》として強敵に抗《あらが》うのだ。
生き残り、勝利するまで。

＊＊＊

「どうあっても……あなた方は抗うことを止めてはくれないのですね」

祈りを捧《ささ》げていたマザーグースが、うっすらと目を開けて桜花とマリを見た。

「慈悲深《じひぶか》い女神《めがみ》気取りか。貴様のやっていることはただの虐殺《ぎゃくさつ》だ。私達がこの場で裁く！」

「……あたしらの居場所を奪《うば》っておいて、許されると思ってんじゃないわよ！」

「あなた達の怒りはもっともです。私達の矜持《きょうじ》を理解してもらえるとも思っておりません。ですが、味わわずに済む痛みと苦しみは回避するべきです」

二人の怒りをマザーは受け流すわけでも無視するわけでもなく、子供を相手にする母親のように受け止めてしまう。

桜花とマリも、これだけのことをされてこのまま引き下がれるほど聞き分けがよくもなければ大人でもない。

桜花は二挺《ちょう》のヴラドをマザーグースに向けると、杭《くい》を発射した。マリもため込んでいた魔力を放出し、《極光の砲弾《アウローラ・カノン》》をお見舞《みま》いする。

防御《ぼうぎょ》するのも回避するのも至難ではあるが、二人は攻撃《こうげき》が通るとは最初から思っていなかった。相手は幻想教団《ヴァルハラ》をまとめるリーダーだ。どのような手を使ってくるかを見極《みきわ》めることが先決だった。

しかし、砲弾《ほうだん》と杭が迫《せま》っても、マザーグースは避《さ》ける素振《そぶ》りも防護障壁《しょうへき》を構築する素振りも見せない。

そして、攻撃が直撃するかと思われたその瞬間《しゅんかん》、

――突然《とつぜん》、マザーグースの姿が消えた。

「転送魔法か！」

桜花が叫《さけ》び、周囲を警戒《けいかい》しようとしたその時。

「あなた方では、私には勝てません」

声と共に、背筋に氷のように冷たいものが触《ふ》れた。

それがマザーグースの指先だとわかった瞬間、得も言われぬ恐怖《きょうふ》が襲《おそ》う。

退避《たいひ》しようとしても身体《からだ》が動かなかった。背後の威《い》圧感《あっかん》が常軌《じょうき》を逸《いっ》している。オロチの殺気も度し難《がた》かったが、この女のそれはレベルが違《ちが》う。

深淵《しんえん》の闇《やみ》の中から、この世界を覆《おお》い尽《つ》くすほどの巨大《きょだい》な何かに見つめられているような感覚だ。二人は悲鳴を飲み込もうと必死だった。

殺されるという実感にうちひしがれそうになる。

「……このままあなた方を消し去ることは簡単です。できればそうしたくはありません。

理由は、あなた方の友人である草薙《くさなぎ》タケルさんにあります」

タケルの名を出し、マザーは目を閉じた。

「あなた方を殺せば、彼は神狩《が》り化を躊躇《ちゅうちょ》せずに行うでしょう。それはできれば避けたい
……あの男の思惑《おもわく》通りにならぬために」

「…………っ」

「鳳颯月《そうげつ》の目的はすでにご存じなのでしょう？　神狩りが完成し、彼を殺せば世界が滅《ほろ》ぶ。

あの男の死と共に『神の座』を失うわけにはいかないのです。我々が神に至るためにも」

マザーグースの声音《こわね》が低くなる。

そこには確固たる意志があった。

これ以上もう猶予《ゆうよ》は与《あた》えないという、意志が。

「――お引きなさい、これが最後です」

地鳴りのように低い声で、マザーが言う。

桜花とマリは形容できない恐怖に身体を震《ふる》わせながらも、なけなしの勇気と闘志《とうし》を振り
絞《しぼ》って跳躍と共に勢いよく振り返った。

「断るッ！」「お断りよ！」

桜花が杭を放ち、マリが《極光の鏃《アウローラ・バレット》》を弓引く。

予想通りにマザーグースの姿が消失する。

桜花は翼《つばさ》を広げ、マリは飛行輪《りん》を足に展開して高速で空へと舞《ま》い上がった。

動きを止めてはならない。

敵はどこからともなく現れる。

上昇《じょうしょう》し、動き回って少しでも――

「《槍《ゲインスケルグ》》」

空へと上昇するマリの真上で声がする。

慌《あわ》てて頭上を見上げようとした瞬間――大鳥のような姿をした槍《やり》がマリの背中を襲った。

「嘘《うそ》でしょ――ッッ！」

その大鳥の巨大さはジャンボジェット機に相当した。

避けられたのはほとんど運だった。声がしたと同時に飛行進路を下方へ軌道《きどう》修正したことが幸いしたのか、肩《かた》をえぐられるだけで済んだ。

血が噴《ふ》き出る肩を押さえながら、マリが頭上のマザーグースへ攻撃をしかけようとする。

「《斧《スケッギオルド》》」

だが、頭上にいたはずのマザーグースは何事もなかったようにマリの真下にいた。

断頭台を思わせる巨大な斧がマリを襲う。

その刃渡《はわた》りは一〇〇メートルを優に超《こ》えていた。

転送魔法の連続使用に加えて、攻撃魔法の規模がでかすぎる。魔法陣《じん》展開速度、術式構築速度も一瞬だ。人間にできる芸当ではなかった。

いったいどれだけの魔力を有しているというのか。

避《よ》けられない、そう思った時、

「二階堂《にかいどう》！」

桜花が翼を翻《ひるがえ》し、体勢を崩《くず》したマリに抱《だ》きつくように横から突っ込んできた。

体当たりをされたかのようにマリの身体がくの字に折れる。

おかげで回避することはできたが、文句の一つでも言ってやろうとマリが顔を上げたその瞬間——回避した先に、すでにマザーグースが魔法陣を展開していた。

幾重《いくえ》にも折り重なる魔法陣が、幾何《きか》学模様のように空を覆い尽くす。

「《戦《ヘリヤ》》」

得体の知れない魔法が発動する。

魔法陣の中から突如《とつじょ》として合唱する天使の軍勢が現れた。神話じみた光景に、マリの顔が青ざめる。

「さっきからなんなのよ、この魔法！」

見たことも聞いたこともない。召喚《しょうかん》魔法なのか、攻撃魔法なのか、その系統すらわからない。

何より規模がでかすぎて対処のしようがなかった。

「っ、とろいのだお前は！」

不意に桜花がマリを蹴《け》り飛ばす。

「鳳桜花⁉」

マリが叫んだと同時に、桜花が天使の軍勢に押しつぶされる。

直前にヴラドによる防護結界が張られていたが、規格外すぎる魔法の威力《いりょく》にそのまま飲み込まれていくのがマリには見えた。

天使の軍勢が消えたのは地上に激突してすぐだった。まるで最初から何も起こっていなかったかのように静まりかえっている。

空中で呆然《ぼうぜん》としているマリの前に、マザーグースが音もなく降りてくる。

「私の魔法は人が扱《あつか》うものではありません。見たことがないのは当然でしょうね」

「……天使の召喚……？　冗談《じょうだん》でしょ……」

「いいえ。神話召喚ではありませんよ。北欧《ほくおう》神話世界の神々や神器《じんぎ》を魔力で再現しているだけにすぎません。本物とはほど遠い、まがい物です」

北欧神話世界……今、マザーグースは確かにそう言った。

マリは桜花の安否を気にしつつ、マザーグースを睨《にら》む。

真下に生体反応がある。桜花は生きている。回復する時間を稼《かせ》がなければ。

「あんた……人間じゃないわね？」

「…………」

「あたしも大概《たいがい》だと自負してるんだけどさ……あんたの魔力量は異常よ。英雄召喚に続いて転送魔法の連発、その上さっきの得体の知れない魔法。魔導遺産も使わずにできる芸当じゃない」

使ったとしても、人間には不可能だ。マリの予想は確信に近かった。

この女は、恐《おそ》らく……。

「一つ、誤解を解いておくとすれば、英雄召喚は私の魔法ではありません。あれは私の固有性能です」

固有性能……そんなものは魔女には備わっていない。

備わっているのは――

「お察しの通り――私は神器です。正式名称《めいしょう》は『グングニル』……北欧神話世界の主神オーディンが使用していた神威《かむい》の槍です」

「グングニル……？」

誰《だれ》だって聞いたことぐらいある兵器の名前だ。

オーディンの名前も、文字通り神話としてこの世界に残っている。北欧神話世界の神々は人間の世界に干渉《かんしょう》し、様々な影響《えいきょう》を及《およ》ぼした。多くのSクラス魔導遺産は北欧の神々の干渉によってできたと言われているし、英雄《エインヘリャル》の中には神々の因子を受け継《つ》いでいる者すらいる。

「私のことをご存じなようですが……あなたの知るグングニルと私は、恐らく合致《がっち》しないでしょう」

この世界の起源は、北欧神話世界と、元となった前の世界の衝突《しょうとつ》によるものである。少なくとも峰城和眞《みねしろかずま》の文書にはそう記されていたし、異端《いたん》同盟の本拠地《ほんきょち》である『神話世界の断片《だんぺん》』が何よりの証拠《しょうこ》と言っていい。

つまり、この世界に残されている北欧神話はでたらめの可能性が高い。

「あなた方の知る北欧の神々の伝説は、世界の衝突によって出来上がった改変された歴史の一つです。北欧の神々が人間に友好的な干渉をした事実はありません。元の世界では、人と神々は戦争をしていましたから」

「………」

「当時の人類は、人工的に神と人間の融合《ゆうごう》個体と神殺しの神器を作り出し、北欧神話世界を破壊《はかい》しようとした。その個体が、今の鳳颯月です」

「………………」

「北欧神話世界はオーディンあってのもの……主神が命を落とせば滅ぶようにできていました。あの男は世界を成り立たせていた神々を殺し、最後にオーディンまでも手にかけようとした。その際、最後の足掻《あが》きとして、オーディンは神話世界そのものを転送させ、人間の世界に衝突させたのです」

マザーグースは目を細め、わずかにうつむく。

「──それがこの世界、この宇宙の起源です。衝突後、世界は再構築され、元の世界の歴史と神話世界のシステムが混在する今の形となりました」

「………………」

「この世界の魔導とは神々の因子……神々の力そのもの。元の世界には存在していなかった概念《がいねん》なのです。故《ゆえ》に私は魔導と科学、人間と魔女が混在するこの世界を──」

「──クソどうでもいいわ。話がつまんない上に長いのよ」

鋭《するど》いナイフのように話を遮《さえぎ》って、マリは魔力を練り上げた。

極光色の無数の魔法陣を空に描《えが》きながら、マザーグースを全力であざ笑う。

「聞いてもいないことを勝手にペラペラしゃべってくれちゃって。世界の起源？　神々と人間が戦争してた？　どぉぉでもいいわよ、少なくともあたしには微塵《みじん》も興味無い」

唾《つば》でも吐《は》き出しそうな顔で、マリはマザーグースに中指を立てた。

「世界がどうとか神様がどうとか、誰が悪いとか悪くないとか、そんなことを知ったところであたしがやることは変わんないわ。あんたを止める……それは変わらない」

だから知ったところで意味が無い。

本当に、クソどうでもいい。タケルの言った通りだ。

真実など不要。自分達の欲《ほ》しいものを手に入れるために、こいつらは邪魔《じゃま》なのだ。

この状況下《じょうきょうか》でまだ戦おうとするマリに、ほんのわずかにだがマザーグースが眉間《みけん》に皺《しわ》を寄せた。

「この戦争は世界を良き形へ再生するためのものです。魔女であるあなたなら、この世界の歪《ゆが》んだ価値観や、魔導に対する不等な差別に悲しみを抱《いだ》いているはずです。私はその歪みを正し、全《すべ》ての人間に平等に魔力を与《あた》え、平和な世界を作ってみせます」

「あんた達のやろうとしていることは、平和な世界が作りたいから全部無かったことにして最初からやり直そうってことでしょ？　ゲームかよ、ふざけんな」

人差し指を銃口《じゅうこう》のようにマザーへと向けて、マリは表情を険しくする。

巨大《きょだい》な魔法陣は、すでに空を埋《う》め尽《つ》くしている。

マザーグースは微動《びどう》だにせず、淡々《たんたん》と祈《いの》るばかりだ。

「この世界で幸せを摑《つか》んだ人はどうなるの？　この世界が好きな人間はどうなるの？　自《じ》称《しょう》女神様《めがみ》がこの世界を気に入らないからって、白紙に戻《もど》していいわけがないじゃない」

「……破滅《はめつ》か、再生か……それ以外に道は無いのです」

悟《さと》ったように呟《つぶや》いたマザーグースに、マリが目を見開く。

「どっちもごめんよ！　あたしはあたしのやり方で世界を変える！　全部無かったことになんて絶対にさせない！」

魔力が迸《ほとばし》り、空が極光に染まる。

マリが習得した攻撃魔法の中で最強の攻撃力を誇《ほこ》る一撃。

《光の到達点《アウローラ・ゲート》》

発動準備は整った。発動阻止《そし》を防ぐべく防護結界の展開も完了《かんりょう》、もはや誰にもマリを止めることはできない。

「この世界の希望も、絶望も、悲しみも喜びも、全部全部あたしのもんだ！——消させたりなんかするもんですか！」

魔法陣に皹《ひび》が走り、奥から巨大な光の門が出現する。

以前使用した時よりも何倍も巨大に、何倍も強力になって、門が咆哮《ほうこう》する。

その時、マザーグースの赤い瞳《ひとみ》が闇《やみ》を宿したかのように黒く濁《にご》った。

「最早《もはや》、語らず」

マザーグースはゆったりとした動きで、右手をマリへ差し出す。

そして指先を折り曲げ、小さく握《にぎ》りしめた瞬間《しゅんかん》、

——マリの左腕《ひだりうで》が、根本から破裂《はれつ》した。

「——!?」

何が起こったのかもわからず、マリが血をまき散らしながら空中でよろめく。

次いでマザーグースが握った拳《こぶし》をゆらりと開く。

動作に合わせて、今度はマリの右足が弾《はじ》け飛んだ。

跡形《あとかた》もなく。

墜落《ついらく》を開始するマリを冷ややかに見つめた後、マザーグースは目を閉じる。

「今のは私の魔力をあなたの体内へ転送させただけです。人間一人を再起不能にするのに、大きな破壊は必要ありません。緩《ゆる》やかな死と共に、この世界の再生を見守っていてください」

不可避《ふかひ》の一撃は、マリの内側から放たれていた。

転送魔法の恐るべきところは奇襲《きしゅう》に用いられるだけではなかった。

どこへでも、どんな物質でも、任意の場所へ送り届けるという単純な要素こそ、最も留意すべき点だったのだ。

転送魔法の前には、防護結界も全く意味をなさなかった。

「——ッ……ちく……しょ……！」

あと一歩で発動までこぎ着けられた《光の到達点《アウローラ・ゲート》》が消えて、魔力が空気中に霧散《むさん》していく。

手足を失ったマリは地面に墜落していくかと思われたが、最後の力を振《ふ》り絞《しぼ》り、消えかけの飛行輪でマザーグースへ突撃《とつげき》した。

しかし力はもはや残ってはいない。よろよろとマザーの眼前へ迫《せま》り、右手の拳を振り上げることしかできなかった。

マザーグースが目をつぶったまま、上体を反らして回避する。

マリの拳はマザーの頬《ほお》を掠《かす》めただけで、空を切った。

精根尽き果てたマリは、地面へ向かって落ちていく。

＊＊＊

天使の軍勢に飲み込まれた桜花は、辛《かろ》うじて身体《からだ》の原形を保っている状態にあった。

今までくらったどんな攻撃よりも強烈《きょうれつ》だったと断言できる。

喉《のど》も潰《つぶ》れた、手足も動かない。生身であれば即死《そくし》、魔女狩《まじょが》り化をしていても、あと数分の命だろう。

だからといって、桜花は諦《あきら》めてなどいなかった。

《ヴラド、『吸血鬼《ドラキユリア》』を実行する……血液を集めろ》

瀕死《ひんし》であろうと、意識ははっきりとしていた。マザーグースに対する怒《いか》りや、マリを一人で戦わせてしまっている現状への憤《いきどお》りだけで理由としては十分だ。

ヴラドは桜花の命令通りに街中に血脈を張り巡《めぐ》らせて血液の回収に尽力《じんりょく》していたが、すでにオロチが吸い尽くした後なので、回収可能な範囲《はんい》内で得られる血液は少量だ。

《戦闘《せんとう》続行は不可能である。死は回避できるが……この量ではな》

《二階堂が一人で戦っているのだ！　私だけ休んでいられるか！　戦闘音が止《や》んだ……急

いでくれ！》

焦《あせ》りが募《つの》る中、徐々《じょじょ》に桜花の身体が再生していく。

喉が再生し、手足の骨と皮が繋《つな》がった。呼吸も戻ってくる。

まだ回復が終わっていないが、身体に鞭《むち》を打って桜花が立ち上がろうとした時、真横でどさりという音がした。

顔をそちらへ向けると、血を流しながら倒《たお》れているマリの姿があった。

桜花は身体を起こし、這《は》い寄るように彼女へと近づく。

「二階堂……？」

手を伸《の》ばして、マリの身体に触《ふ》れる。

氷のように冷たかった。

胸が微《かす》かに上下している。何とか息はしていたが、虚《うつ》ろな瞳は彼女の残りの命を物語っていた。

桜花は唇《くちびる》を震《ふる》わせながら、どうしたらいいかわからず、声をかける。

「なにを、している……貴様……手足はどうした……？」

「貴様って……ゆー、な……」

か細い声が返ってくる。

意識がある。まだ助かる。桜花は震える唇を噛《か》んだ。

「っ、ヴラド！　二階堂に血液を回して回復させろ！　それぐらいできるだろう⁉」

《許可できぬ……！　主《あるじ》の身体はまだ治癒《ちゆ》できておらん！　今血液を他に回せば主の命が危《あや》ういのだ！》

「構わん！　やれ！」

その時、叫《さけ》ぶ桜花の頬を、マリが叩《たた》いた。

掌《てのひら》は桜花の頬を撫《な》でただけで地面に落ちた。

「……うっさい……耳元で騒《さわ》ぐんじゃないわよ……余計なこと、しないで……」

「余計だと……？　ふざけるな……っ、タケルとの約束はどうなる⁉　生きて私達の居場所に帰るのだろうが！　お前がいなければタケルは……私は……ッ！」

マリが桜花の手に触れる。

「……………あんたが、あたしの血を使うのよ」

そう言って、マリは口の端《はし》を上げる。

「あたしの血、たぶん最高に美味《うま》いわよ……だってこの二階堂マリちゃんの血だもの……当然じゃない……？」

「馬鹿《ばか》を言うな……っ、貴様の血など……！」

マリが弱々しく手を握ったのを感じて、桜花は息を呑《の》む。

「………っ」

「……何その顔……笑えるんですけど……」

涙《なみだ》をためる桜花の顔を見て、マリは強がりでもなんでもなくそう言った。

なけなしの魔力で出血を抑《おさ》えているようだが、すでに致死《ちし》量だ。早急《さっきゅう》に輸血をしなければ助からない。

それを自覚していてもなお、マリは桜花の助けを拒《こば》む。

「生き残るために……あんたはあたしの血を使うの……」

「………しかしッ」

「死なないよ……死ぬもんか……約束したもん……みんなで生きて帰る……あと、なによりさぁ……」

マリは桜花を見て、目を細めながら笑った。

「あんたにタケルはあげない……あいつはあたしがもらう……死ねるわけないじゃん……っ、だから」

もう何度目かもわからない宣戦布告をして、マリは目に光を取り戻す。

握っていた手を離し、桜花の胸《むな》ぐらを掴んで引きよせる。

そして、鬼気迫《ききせま》る想《おも》いと共に、桜花に告げる。

「――さっさと征《ゆ》きなさい……！　征《い》ってあの女をぶっ飛ばしてきて！」

傷口から血が噴《ふ》き出るのも構わず、マリは桜花を叱咤《しった》する。

マリの瞳には、犠牲《ぎせい》になるつもりなどさらさらないという決意が宿っていた。

こんな風に言われて、拒否《きょひ》することなど桜花にはできない。

出会った直後から啀《いが》み合うような仲だった。衝突《しょうとつ》を繰《く》り返し、何かと張り合って、最初は険悪そのものだった。

でもいつしか、桜花はマリに心を許していった。マリは真《ま》っ直《す》ぐだ。自分よりもずっと、迷いが無い。そんなところはタケルによく似ていて、こちらの心の壁《かべ》を容易《たやす》く壊《こわ》してしまうのだ。

桜花はマリに、一種の憧《あこが》れのようなものを抱《いだ》いていた。彼女のように素直《すなお》で、真っ直ぐでいられたらどんなにいいかと羨望《せんぼう》していた。

相性《あいしょう》最悪。犬猿《けんえん》。それは事実だが、認め合っている部分は確かにあったのだ。

そんな相手から後を託《たく》された。

期待に応《こた》えずして、何がライバルか。

「………ヴラド」

桜花は下を向き、歯を食いしばる。

長く伸びた前髪《まえがみ》の中で、青い瞳を輝《かがや》かせる。

その瞳とマリの瞳が交錯《こうさく》する。

これ以上言葉は必要無い。望むがままに進むのみ。


「——喰《く》え！」

《——拝領》

瞬間、ヴラドの吸血が始まった。

魔法陣《まほうじん》が出現し、マリの血が吸い寄せられていく。桜花の身体に、マリの血液が浸入《しんにゅう》した。

マリが自称《じしょう》していたように、その血は極上《ごくじょう》だった。一滴《いってき》で普通《ふつう》の人間一〇〇人分に相当する力を宿していた。凄《すさ》まじい血中魔力濃度《のうど》と、度し難《がた》い生命力を感じる。

同時に、記憶《きおく》や経験が、マリの全《すべ》てが桜花の中に流れ込んでくる。

荒《すさ》み、犯罪行為《こうい》に手を染めていた幼少時代。児童養護施設《じどうようごしせつ》での温かい記憶。家族を失った時の途方《とほう》もない悲しみ。ホーンテッドへの黒い感情。

気恥《きは》ずかしくなるほどに熱烈《ねつれつ》なタケルへの恋心《こいごころ》。

そして——

「…………ッ！」

——新しい居場所。

仲間達への信頼と親愛、形容できないほどに強く、かけがえのない想い。

守りたいという純粋《じゅんすい》な意志。

その全てを——桜花は背負った。

「……征くわよ……桜花……」

マリの手が離《はな》れ、身体が地面に横たわる。

桜花は立ち上がり、伸びた牙《きば》を口から覗《のぞ》かせる。

一人ではない。

この力は二人の力だ。

「ああ——征こう、共に！」

そして、鳳桜花と二階堂マリの反撃《はんげき》が始まる。

＊＊＊

マリを倒したマザーグースは何事もなかったかのように浮遊《ふゆう》していた。

「…………許しは乞《こ》いません」

わずかに表情を曇《くも》らせて、マザーグースはその場を離れようとローブを翻《ひるがえ》した。

彼女は街の人間を虐殺《ぎゃくさつ》したことや、マリや桜花をその手にかけたことに対して何も感じていないわけではなかった。彼女とて、ラピスと同じ神器である以上、魂《たましい》を有している。

最初から魂や人格が宿っていたわけではない。魔導遺産に魂が宿るという現象も、世界の衝突により偶然《ぐうぜん》できたものだ。

グングニルが他の神器と違《ちが》うのは、かつての世界の記憶だけが残っていたという点だった。レーヴァテインやミスティルテインは記憶は持っておらず、初めからこの再構築された世界に順応していた。他の魔導遺産と同じように人間と契約《けいやく》し、触れ合うことで人格を形成していった。まるで子供が親を見て成長していくかのように……。

グングニルにはそれがなかった。人格はかつての世界の記憶から生み出され、再構築後、一度も契約は結んでこなかった。

全ては死した神々のために……この世界を、再び神の世界にするために。

およそ人らしい思考など持ち合わせず、グングニルは記憶を胸に神の僕《しもべ》として行動した。

それでも、彼女は人になってしまった。

東の白き魔女マザーグースを名乗り、魔女達と触れ合う内に、彼女なりにこの世界を受け入れるようになっていったのだ。契約をせずとも人との触れ合いは彼女を成長させた。かつての世界の記憶は捨てて、人として生き、魔女達を導くことこそが自分のすべきことなのではないかと……そう思うようになっていった。

だがオーディンが消滅《しょうめつ》したことで、唯一《ゆいいつ》生き残った神性である颯月がこの世界の神であることを知った時、マザーグースの目的は世界を守ることに変化した。

その上で、彼女なりに足掻《あ が》いた結果が、世界を再生するという選択《せんたく》だったのだ。

颯月との和平や、神々が残した遺産である魔導を糾弾《きゅうだん》することを止めるよう説得を試みたこともあった。

『この世界は、この世界のまま存続させるべきだ』

マリや桜花、タケル達と同じように、そう思っていた時期もあった。

されど颯月の目的が破滅である以上、その願いが叶《かな》うことは決して無いのだ。戦争により人と魔女達が相争った。数多《あまた》の戦争、幾多《いくた》の死を目《ま》の当たりにして、人の醜《みにく》さをマザーグースは知った。

世界を存続させたとて、いずれ人類は破滅の道を辿《たど》る。

この世界は神が死なずとももはや手遅《ておく》れだった。

そして、こう思うようになった。

──愛するが故《ゆえ》に、この世界を作り直す。

「全ての人間が神々の因子を受け継《つ》ぐ、新しき世界を……」

──愛するが故に、世界の再生を。

「人が争わずに済む、清き世界を……」

──そのために。

「この世界を愛するが故に……私は……神になるのです」

颯月を見つけ出し、この世から消し去る。

その上で、オロチと共に《神格化》を実行し、『神の座』を奪《うば》い、世界を再生する。

マザーグースの悲願には、幾多の命を踏《ふ》みにじり、幾多の死を乗り越《こ》えてでも成し遂《と》げるという意志が宿っていた。

だが──

「──そんな愛など、反吐《へど》が出る……！」

地獄《じごく》の底から響《ひび》くような声だった。

マザーグースが殺気を感じ取り、下方を見やる。

天使の軍勢によって砕《くだ》け散《ち》った学園の中庭から、こちらを見つめる真紅《しんく》の影《かげ》があった。

その姿を見て、マザーグースは眉間《みけん》に皺《しわ》を寄せた。

「……吸血鬼《ドラキュリア》」

微《かす》かな嫌悪《けんお》感《かん》を込《こ》めて呟《つぶや》く。

眼下でこちらを睨《にら》んでくる桜花の姿は、まるで悪魔の化身《けしん》そのものだ。

レリックイーターの性能についてはある程度知っていたが、ヴラドに関しての調査は十分とは言えなかった。この世界が再構築された頃《ころ》から存在しているマザーグースにとっても、吸血鬼の存在は絶滅から一〇〇〇年近く経《た》った今でも記憶に残っている。

極《きわ》めて少数の種族だった真祖と呼ばれる吸血鬼の最上位存在は、この世界を滅《ほろ》ぼしかけたことがある。彼らを絶滅させたことは、異端審問会《いたんしんもん》の唯一の功績としてマザーグースも認めているほどだ。

吸血鬼はそれだけ強烈《きょうれつ》な種族であり、魔法使いにとって天敵となる力を持っているのだ。

しかもヴラドの魔力《まりょく》の質は、真祖の吸血鬼そのもの。細胞《さいぼう》を移植しただけのオロチとは全くの別物だ。

それどころか……。

（魔力属性が変異している？　ヴラドは『夜血』属性だったはずですが……あの虹《にじ》のような光沢《こうたく》は……）

まさか、二階堂マリの血を吸ったのか？　その血が、ヴラドの魔力に影響《えいきょう》を及《およ》ぼしている？　肉眼で確認《かくにん》できるほどに？

そんな馬鹿《ばか》な──マザーグースが頭《かぶり》を振《ふ》った、その直後だった。

桜花の姿が、消えた。

「!?」

戦慄《せんりつ》する。消えた？　転送魔法？

否《いな》。中庭全体に、黒い何かがひしめいている。

いや、飛び回っている？

あれは──コウモリの群れ？

「しまった──！」

マザーグースは吸血鬼特有の召喚《しょうかん》魔法の存在を失念していた。真祖の中でも王と呼ばれる者以外に召喚が不可能な魔法生物。

《叫び散らす者《ストリゴイ》》

この魔法生物の特性は──鳴き声に魔力拡散性の超音波《ちょうおんぱ》が含《ふく》まれていることだ。

(ヴラドの力は、真祖の王にすら到達《とうたつ》できるというのですか……それだけ二階堂マリの血が良質だったと……!?)

コウモリ達が一斉《いっせい》に牙の生えた口を開き、甲高《かんだか》い叫《さけ》び声を上げた。

魔法を扱《あつか》う者にとって致命《ちめい》的な音波が襲《おそ》いかかり、マザーグースの魔力の大部分が拡散してしまう。

(っ、転送魔法が使用でき――)

「はあああああああああああああああああああああっ!」

コウモリの大群の中から、真紅の翼《つばさ》を生やした桜花が飛び出す。

右肘《みぎひじ》に射突《しゃとつ》機構が垣間見《かいまみ》える。マザーグースは咄嗟《とっさ》に両腕《りょううで》をクロスさせて顔面を守ろうとした。

――ドゥ!

肘に出現した杭《くい》が、爆発《ばくはつ》的な威力《いりょく》を伴《ともな》って射出される。

腕程度で防ぎきれる威力ではなかった。

杭はマザーグースの両腕を吹《ふ》き飛ばし、顔面を直撃する。マザーグースは神器、この程度で破壊《はかい》されたりはしないが、人の形を保っていられるのには限界があった。

頬《ほお》にぴしりと罅《ひび》が入る。

「これで終わると思うな……！」

青の瞳《ひとみ》が殺意を迸《ほとばし》らせる。その瞬間《しゅんかん》から、《伯爵の牙《ヴァンパイア》》の独壇場《どくだんじょう》が始まった。

両腕と両足に射突機構が出現し、拳《こぶし》と蹴撃《しゅうげき》に杭の射出が合わさり、ラッシュが開始される。反動など考慮《こうりょ》せず、ただ力のままに振るわれる破壊が、マザーグースを襲う。

その光景は、人間が秒間七〇発で発射される艦砲《かんぽう》を零距離《ゼロきょり》からもらい続けているようにしか見えなかった。以前吸血鬼化した時よりも、杭の威力が数段上がっている。

桜花の赤色の杭には、虹色が混じっていた。威力が向上している理由はここにあった。『夜血』属性と『極光』属性が混じり合っている。貫通《かんつう》力と破壊力に特化している二つの魔力により生み出された《伯爵の牙《ヴァンパイア》》は、神器であろうと追い込むには十分だった。

普通《ふつう》の人間ならば塵《ちり》も残らない破壊力に、マザーグースは後退していく。

――逃《に》がさない。

桜花はマザーグースの頭を鷲《わし》づかみにして、そのまま地上へと急降下した。

そして、頭を摑《つか》んだまま身体《からだ》ごと地面に叩《たた》きつける。マザーの身体が地面を砕き、大きなクレーターを形成する。

桜花はマザーグースに馬乗りになって、さらに杭の連射を炸裂《さくれつ》させる。

中庭の地面が砕け散る中で、何度も何度も杭をお見舞《みま》いする。

ボロボロになったマザーグースを見て、桜花は最後の一撃《いちげき》と言わんばかりに右腕を振りかぶる。

肘の付近に幾百もの魔法陣《まほうじん》が織り重なり、巨大《きょだい》な射突機構が出現する。

全魔力を右肘に集中させ、ヴラドの最大火力を一点集中で叩き込むつもりだ。これだけ練り込まれた魔力と、連鎖《れんさ》させた複雑な術式の魔法による一撃をもらえば、さしものマザーグースも人の形態を保っていられない。失う魔力も膨大《ぼうだい》になるだろう。

「――――」

マザーグースはあくまで冷静に、ひび割れた瞳で空を見た。飛び回っていた《叫び散らす者《ストリゴイ》》が消失している。全力を叩き込むために、この一瞬《いっしゅん》だけは魔法生物の現界を維持《いじ》していない。

マザーグースは視線を桜花へ戻《もど》す。

「――《逆十字》」

桜花が魔法名と共に極光の魔力を伴った真紅の杭を射出しようとした、その瞬間、

――マザーグースと桜花の姿が、学園から忽然《こつぜん》と消えた。

＊＊＊

桜花は右腕を振りかぶった姿勢のまま、止まっていた。

――何が起こった？

わからない。何も聞こえないし、何も見えない。完全なる無音と、完全なる闇《やみ》が広がっている。あるのは得も言われぬ浮遊感《ふゆうかん》だけだ。

いや、違《ちが》う。

映っている。遥《はる》か彼方《かなた》に、小さな光が無数に見える。

あれは星だ。

ならばこれは、夜空だろうか？

なんて美しいのだろう。

そう思った瞬間、桜花は息ができないことに気づいた。

喉《のど》が詰《つ》まる。息ができない、声が出ない、音がしない。

そうじゃない。そうじゃないそうじゃない。

これは――酸素が無いのだ。

ここは、
この場所は、まさか――！

《生物にとって最も過酷《かこく》な環境《かんきょう》は、どこにあるかわかりますか？》

マザーグースの声が頭の中に直接響く。

闇の中に光る人影《ひとかげ》が、無音の世界で苦しみもがく桜花の頬を撫《な》でる。

まるで水の中にでもいるように浮遊しながら、マザーグースは告げる。

《――宇宙です。あなたは今、地球から約二億キロメートルの距離《きょり》》

マザーグースが桜花の肩《かた》を持ち、反転させる。

そこには――赤茶けた巨大な星があった。

《火星にほど近い場所にいます》

身体中から酸素が失われていくのがわかった。一切《いっさい》の酸素が存在しない真空にいるのだということを実感する。血中酸素が瞬《また》く間に無くなっていく。

《――いかん！　いくら吸血鬼とて、この空間で生きていくことはできん……！》

ヴラドが叫ぶ。

人間よりも何倍も強靭《きょうじん》といっても、血液を燃料としているのは同じ。血液に必要不可欠な酸素が無い宇宙空間は、吸血鬼にとっても地獄なのだ。

迂闊《うかつ》だった。一撃でマザーグースを破壊するために《叫び散らす者《ストリゴイ》》を消失させたのは間違いだったのだ。マザーグースはあの一瞬で転送魔法を使用し、あろうことか火星まで一瞬で移動してしまった。

通常、転送魔法は移動に時間がかからないわけではない。肉体を一時的に魔力に強制変《へん》換《かん》し、粒子化《りゅうしか》して移動させているに過ぎないのだ。肉体の粒子化と移動には膨大な魔力を必要とするため、距離が遠ければ遠いほど必要な魔力量は増大する。

二億キロという距離を一瞬で移動するとなれば、光速に近くなければならない。

必要魔力量は想像を絶するだろう。

まさに無尽蔵《むじんぞう》。マザーグース……グングニルの魔力生成量は計り知れない。

《さようなら、鳳桜花さん。再生した世界で、またお会いできることを祈《いの》っています》

マザーグースの姿が、霧《きり》のように粒子化して消えていく。

宇宙空間で一人になった桜花は首を押さえながら苦痛に喘《あえ》ぐ。

（この……ままでは……！）

死は免《まぬか》れない。ヴラドが必死に魔力で桜花を守ろうとしているが、酸素ばかりはどうにもならない。『夜血』属性に酸素を生み出す魔法は存在しないのだ。

意識が遠のく。脳が死んでいくのがわかる。

こんな生物すらいない空間で、孤独《こどく》に死んでいくのかと思うといくら桜花といえども寂《さび》しくて凍《こご》えそうだった。

（すまない…………みん……な……）

思考が死んでいく。悔《くや》しいとか、悲しいとか、それすらも考えられなくなっていく。

皮膚《ひふ》が凍《こお》り始め、もはや闇に漂《ただよ》う屍《しかばね》と成り果てそうになった時。

——温かいものが、桜花の手を摑んだ。

凍りかけの瞼《まぶた》を開くと、乾《かわ》ききった瞳に、影が映る。

目深《まぶか》に被《かぶ》った帽子《ぼうし》と、宇宙空間にたなびくマフラー。

幻覚《げんかく》か？　それとも走馬灯か？

信じられない光景に、自分の視覚を疑う。

だが、この手の温《ぬく》もりは、確かに本物で——

《……まったく……世話が焼けるんだから》

その声は、確かに二階堂マリだった。

桜花が、闘志《とうし》を取り戻す。マリが摑む左手に力がこもり、不発に終わるはずだった右肘の杭が再度熱を持つ。

そして。

そして——！

＊＊＊

桜花を宇宙空間に置き去りにしたマザーグースは元いた場所に瞬時に帰ってきた。

戦いは無駄《むだ》なく終わったが、これほどの魔力を使ってしまったのは想定外だった。

極光の魔女、二階堂マリ。

ヴラドの契約者《けいやくしゃ》、鳳桜花。

人の身でありながら神の扱う兵器にあそこまで刃向《はむ》かえるとは、マザーグースも思っていなかった。驚愕《きょうがく》と賞賛と、感嘆《かんたん》に値《あたい》するには十分だった。

火星への行き来のための転送魔法に使用した魔力量は膨大だ。しかしあの二人に悲願の達成を邪魔《じゃま》されるわけにはいかなかった。

あれぐらいしなければ、必ず妨《さまた》げになると判断してのことだった。

マザーグースはオロチの元へ向かうために、その場から踵《きびす》を返そうとした。

「……？」

そこで、気づく。自分が消費した魔力量が、想定よりも多いことに。

おかしい。これでは二往復分の魔力を消費したことになる。

いったい、いつ？

「……──まさか！」

「《逆十字磔刑《ノスフェラトゥ》》……！」


背後で魔力が膨大するのを感じて、マザーグースは振《ふ》り返る。

ありえない、その言葉と共に——マザーグースは、振り返る前に胸を貫《つらぬ》かれた。

極限の点としての一撃が胸を貫いた瞬間、体内から無数の杭《くい》が飛び出した。

貫通後の余波は周囲一帯の学園施設《しせつ》を一気に吹《ふ》き飛ばし、その威力《いりょく》に花を添《そ》える。

体内から血液の代わりに魔力を垂れ流しながら、マザーグースは震《ふる》える唇《くちびる》で問う。

「……いったい……どうやって……転送魔法を……っ」

自分を貫いた桜花の背後で横たわる、二階堂マリに問う。

マリは息も絶え絶えになりながら、地面にはいつくばったまま答える。

「魔導学園で……あたしが転送魔法装置に興味を示さなかったと思う……？」

「……っ」

「帰ってきてからもずっと調査してたのよ……術式の研究とか、魔力消費の抑《おさ》え方とか
……いろいろね」

それを聞いて、マザーグースはやはりありえないと首を横に振った。

転送魔法の発案者はマザーグースだ。転送魔法がどういうものかを一番よく知っている。

魔導学園があれだけ大掛《おおが》かりな装置を必要としたのも、魔力の充塡《じゅうてん》に何時間も要していたのも、呪符《インスタント》が貴重品として扱《あつか》われていたのも、この魔法がそれだけ燃費が悪いということなのだ。

グングニルの『神威《かむい》』属性ならば極《きわ》めて少量で実行できるが、他の属性ではそうはいかない。使えたとしても、とても魔女単体で実行できるものではない。

たとえ『極光』属性であろうと——ましてあの距離を——二億キロなどという馬鹿《ばか》げた距離を——！

しかもあんな瀕死《ひんし》の状態で！

「そうよ……どうあっても、あたしの魔力じゃ転送魔法を使うのは無理だった……」

マリが右手を掲《かか》げて中指を立て、その指先で魔法陣《じん》を空中に描《えが》いた。

その瞬間、マザーグースの頰《ほお》にも小さな魔法陣が浮《う》かび上がった。

「だから——あんたの魔力、拝借したわ」

「……やはり、《吸魔《ドレイン》》の魔法陣……！」

《吸魔《ドレイン》》とは、その名の通り魔力を吸収する魔法だ。いつの間に刻まれたのか考える必要もなく、すぐに答えは出た。

あの時だ。

手足を吹き飛ばされたマリが破れかぶれで殴《なぐ》りかかってきた時。

あれはやけくそなどではなく、一縷《いちる》の望みをかけた決死の一手だったのだ。

《吸魔《ドレイン》》はミスティルテインの《黄昏の付与《トワイライト・エンチャント》》とは違い、魔女の体内からしか魔力を吸収できない。その上吸収対象の魔女の身体《からだ》に魔法陣を描かなければならないため、使いどころが限定された魔法だ。

主に拷問《ごうもん》や、捕虜《ほりょ》を燃料として運用するためのものである。

量産型レリックイーター、ギロチンの開発はこの魔法から着想を得ていた。

「刻印を残されていたことに気づかないなんて……魔女としては二流ね」

「…………」

「この魔法のおかげであんたとあたしは繋《つな》がっていたから、座標も克明《こくめい》に知ることができた……まさか火星行ってたとは思いもしなかったけどね」

馬鹿じゃないの？　と笑いながら、マリは仰向《あおむ》けに寝転《ねころ》がる。

「嫌《いや》な魔法よね……他人の魔力を使うのは、あたしも気が乗らなかったわ……」

だって自尊心が傷つけられるからと付け加えて、マリは苦笑する。

マザーグースは魔力を口から吐《は》き出し、静かに目を細める。

「《吸魔《ドレイン》》は吸収した魔力を自分の魔力に変換できるわけではありません……他人の魔力

をそのまま使って魔法を組むということが、どれほど難しいか……」

そこまで言って、マザーグースはマリの実力に対して疑問を提示することを止《や》めた。

何故《なぜ》ならば、あれだけ瀕死だったのにマリの声に覇気《はき》が戻《もど》っている。

彼女はマザーグースの『神威』を用いて転送魔法を使用しただけでなく、《再生《リジュネート》》の魔法も同時に発動させていたのだ。もうすでに、マリの手足は治りかけている。処置が早かったこともあり、そのうち元通りに再生されるだろう。

どちらも超《ちょう》高等魔法……この事実からもたらされる結論は。

「まあそこはほら——あたし、一流だし？」

増長でも虚勢《きょせい》でもなく、ただの事実として、マリはウィンクをしながらそう言ってのけた。

もはや、マザーグースから何も言うことはなかった。

「ええ……そうですね。魔女として、敗北を認めます」

魔女としての力が本分ではないとはいえ、魔女の母を自称《じしょう》するには技術も器量も足りていなかったと、マザーグースは自嘲する。

静かに目を閉じて、マザーグースは口から魔力を漏《も》らす。

このままでは魔力は枯渇《こかつ》するだろう。そうなれば、本当の意味での敗北が待っている。

いや。もうすでに、限界点は近かった。

神に至るための力は、もう……。

「ですが私の戦いは、まだ終わってはいません」

……彼女とて、ここで諦《あきら》めるつもりなど毛頭無かった。

「そろそろお暇《いとま》いたします。あなた方の相手をしていられるのもここまで」

うっすらと目を開き、雨の降る空の彼方《かなた》を見上げる。

「宿主が……私を呼んでいますので」

その時のマザーグースは、少しだけ悲しそうな笑《え》みを浮かべていた。

マザーグースの身体が形を失い、魔力の粒子《りゅうし》となって弾《はじ》ける。

弾けた粒子はそのまま風に乗るように空中に流されていく。

それが彼女にとっての死ではなく、本来の姿に戻るための行動だということを察した桜花は、慌《あわ》ててマザーグースを追いかけようとした。

「まずい！　草薙オロチの加勢に行くつもりだ！」

タケルを助けに行くために桜花が翼《つばさ》を広げた時だった。

「——あなたが向かう必要はありませんよ。すでに助《すけ》っ人《と》が一足先に駆《か》けつけていますので安心してください」

桜花が広げた翼を縮めて声の方を見る。

学園の門の方から、満身創痍《まんしんそうい》のセージや柚子穂達と共にこちらに歩いてくる集団があった。

その集団の先頭にいるのは、元エグゼであり現異端《いたん》同盟の副リーダーである大野木《おおのぎ》彼方《かなた》だった。

「遅《おく》れて申し訳ないです。道中で避難民《ひなんみん》の救助を……」

「大野木さん！」

桜花が駆け寄り、彼方や異端同盟の援軍《えんぐん》を見る。

決して多くはないが、精鋭揃《せいえいぞろ》いなのは桜花も知っている。

彼方は桜花の肩《かた》に手を置いて、険しい表情で学園を眺《なが》めた。

「思っていたよりもずっと酷《ひど》い状況《じょうきょう》ね……都心部で生き残っていたシェルターもありましたが、学園や本部にまで攻《せ》め込まれていたとは……」

「本部直属の審問《しんもん》官達は、エグゼも含《ふく》め事実上の全滅《ぜんめつ》です。私達が臨界点《クリティカルポイント》から戻った時には、すでに……」

「……他県の支部から審問会の増援がくるそうですから、辛《つら》いだろうけど異端同盟が動けるのは今この時しかない。私達は生き残りの救助と、鳳颯月の捜索《そうさく》に尽力《じんりょく》します。あなた達は——」

彼方が言うよりも先に、桜花は頷《うなず》いた。

「草薙オロチとマザーグースの討伐《とうばつ》ですね」

意気揚々《いきようよう》とタケルの救援に向かおうとしたらどうやら違《ちが》ったらしく、額をこつんとこぶしで叩《たた》かれた。

「まず手当てを受けなさい。さっき助っ人を向かわせたって言ったでしょう?」

呆《あき》れ顔の彼方に、額を手で摩《さす》りながら桜花は疑問符《ぎもんふ》を浮かべた。

「助っ人……?」

桜花の疑問に、彼方が答える。

「相手は草薙諸刃《もろは》流の師範代《しはんだい》です。少しでも手の内を知っている方が対処しやすいはずですから……諸刃流は、草薙君だけではありませんよ」

もう一人の諸刃流。

そうとなれば、ひとりしかいなかった。

最終章　鬼《おに》二人

しとしとと降る雨は、冷え切った身体《からだ》からさらに温《ぬく》もりを奪《うば》っていく。

身体は寒いのに、頭だけはいやに冴《さ》えて煮《に》えているようなのは、自分の限界が近いという証拠《しょうこ》なのだろうか。

草薙《くさなぎ》タケルは濡《ぬ》れた前髪《まえがみ》の間から前を見て、己《おの》が敵を捕捉《ほそく》する。

ここは学園、審問《しんもん》会本部の最奥《さいおう》部。

禁忌《きんき》区域へと通ずる学園の裏庭だ。湿《しめ》った落ち葉が敷《し》き詰《つ》められた道無き道。

枯《か》れ木の森にぽっかりと空いた空間に、草薙オロチは立っていた。

待っていたのか、オロチはタケルがくる方を最初から向いていた。

寒いためか懐手《ふところで》にしながら、白い息を吐き出して周りの枯れ木を眺めている。

「ここの木、全部江戸《えど》彼岸《ひがん》なのか……桜は魔力を吸収するっていうからな。禁忌区域の近くに植えて魔力が外に漏《も》れないように……ってことなんだろうが、無粋《ぶすい》でいけねぇや」

「…………」

「花ってのは利用するもんじゃなくて愛《め》でるもんだ」

そうだろう？　とオロチが問うてくる。

タケルは答えず、オロチから二〇メートルほど離《はな》れた位置で足を止めた。

諸刃流の最適な間合いだ。

オロチがタケルを見て、少年のような屈託《くったく》の無い笑みを浮かべる。

「もうちっと遅《おそ》けりゃ、このへんも満開だったんだがなぁ」

言って、オロチは目を細め、口元に笑みを浮かべたまま小首をかしげる。

「…………お前さん、掃魔《そうま》刀《とう》を使いすぎたな？」

オロチの問いに、タケルは頷《うなず》きもせず睨《にら》みつける。

「だから言ったろ、上手《うま》く使えってよ。ありゃ剣士《けんし》としての寿命《じゆみよう》を著《いちじる》しく縮める。使いすぎれば人に戻れなくなるんだぜ」

「……諸刃流は、元来そういうもんだろ」

タケルがそう口にすると、オロチは白い歯を見せつけながら笑った。

「違いねぇ。いうなればその状態は掃魔刀の上位互換《ごかん》だ。掃魔刀が限界を超《こ》えた時、心の向きが絞《しぼ》られていくのを感じたろ？」

ただひとつの欲求のみを追い求める精神状態を、タケルは隼人《はやと》との戦いの中で経験していた。自分が何か別の生き物に置き換《か》わっていくような、人の心が失われていくような、そんな感覚だった。

「俺はあれを、勝手に《鬼《おに》ノ心得《こころえ》》と呼んでる」

鬼……オロチらしくも、嫌な技名《わざめい》だった。

まるで草薙の業《ごう》そのものだ。

「まあ、そこまできちまったからにはもう後戻りはできねぇ……」

オロチは懐から手を出して頭を掻《か》いてから、ゆったりと刀の柄《つか》に手をかけた。

そして笑いながら引き抜《ぬ》き、タケルに告げる。

「よく来たな——鬼の世界へ」

雨の中で燃えるような鬼の瞳《ひとみ》がこちらを見ていた。

抜き放たれた刀身が、青く輝《かがや》いている。

あの刀をオロチは杖《つえ》の仕込み刀として使っていたが、今は鍔《つば》がついている。

反《そ》りが少なく、直刀に近い形をした非常に薄《うす》い刃《は》を持つあの太刀《たち》は、タケルの憧《あこが》れだった。

——宝刀『蛍丸《ほたるまる》』。カテゴリーはCクラス魔導遺産で、人格は有していない。固有性能は『絶対に刃こぼれせず、絶対に折れない』というものだ。

無骨な固有性能に反して、その刀身の美しさたるや蛍の光に似て刹那《せつな》的で儚《はかな》げだ。

皆伝《かいでん》を賜《たまわ》った際に「くれ」と要求したが、一言でばっさりと断られたのを今でも覚えている。性能は地味に思えるだろうが、折れない刀というのは諸刃流にとって最上級を意味する。

折れないのはこちらとて同じ。

タケルの愛剣『ミスティルテイン』は神をも殺す魔剣だ。

だからといって慢心《まんしん》できるはずもない。

相手は自分の師匠《ししょう》であり、諸刃流を極《きわ》めた師範《しはん》だ。

高みも高み、剣士としてもはや別次元の存在といっていい。

されど――それは自分も同じこと。彼と同じ血を継《つ》ぎ、人外の力も持っている。

通用するはずだ。

――そのはずだ！

「……参る！」

言葉は不要。剣で証明するのが草薙だ。

蛍丸の刃が鈍《にぶ》く光った瞬間《しゅんかん》、同時にタケルは一気にオロチとの間合いを詰めた。

踏《ふ》み込み、抜刀《ばっとう》のタイミング、全《すべ》てが完璧《かんぺき》だ。

草薙諸刃流、天ノ邪鬼《アマノジャク》。諸刃流の瞬間最高速度を実現できる技だ。

オロチの懐に入り、零距離《ゼロきょり》から一気に抜刀し、斬《き》り抜く。

斬り抜く——そのはずだった。

「……ッ！」

「…………」

タケルはオロチと密着した状態で動きを止めた。

否《いな》、止められたのだ。

抜刀する寸前に、オロチに柄頭《つかがしら》を手のひらで押さえられてしまった。技を発動前に防がれたのだ。

青ざめてオロチを見ると、オロチは冷ややかにタケルを見つめ返している。

タケルは慌てて後方へ跳躍《ちょうやく》し、桜の幹を蹴《け》って空高く舞《ま》い上がる。

草薙諸刃流、蟷螂坂《カマキリザカ》。高低差と自重、回転を加えて叩き込む破壊《はかい》力に優《すぐ》れた技だ。

跳躍と同時に大きく上段に構え、そのまま前方向へ身体《からだ》を回転させようとする。

だが——空中で回転しようとした瞬間、同じく跳躍していたオロチが振《ふ》り上げたタケルの腕《うで》を左手で摑《つか》んでいた。

「——！」

「…………」

またもや発動前に止められた。

空中で再び視線が交錯《こうさく》する。オロチは変わらず冷ややかだ。

タケルは摑まれた右腕だけで剣を持ち、左手で咄嗟《とっさ》に鞘《さや》を摑む。

そして腰《こし》と背骨を捻《ひね》り、腰の後ろまで鞘をスライドさせて一気に解放する。

草薙諸刃流、片車輪《かたしゃりん》。本来は全方位に対処する抜刀術だが、緊急時《きんきゅう》には抜刀でなくこういう使い方もできる。これもすべて、オ、ロ、チ、から、教、わ、っ、た、こ、と、だ。

逆手《さかて》に握《にぎ》った状態で、オロチのこめかみに鞘を横から叩き込む。

が――それもやはり、オロチの右腕で簡単に止められてしまう。

「くぅっ!」

両手を塞《ふさ》がれた。オロチはいつのまにか蛍丸を鞘へ仕舞《しま》っており、素手《すで》でタケルの技に対処していた。

タケルは空中で苦し紛《まぎ》れにオロチ目掛《めが》けて蹴りを放つ。

オロチはため息と共に、放たれたタケルの蹴りを足場にして、足のバネで威力《いりょく》を殺してさらに空高く舞い上がる。逆にタケルは地面へ吹《ふ》き飛ばされた。

こちらが蹴りを放ったはずなのに、何故《なぜ》か自分が蹴られたような衝撃《しょうげき》だった。

しかし地面に激突《げきとつ》する寸前に身体を反転させて、不恰好《ぶかっこう》にも着地する。

オロチは空高く舞い上がって、ゆっくりと落ちてくる。

──好機。魔法が扱《あつか》えれば話は別だが、空中で動くことはできない。

着地点がわかればそこを全力で狙《ねら》い打つことができるはずだ。

タケルは半身を引き、突《つ》きの構えを取る。身体中の筋肉、バネ、骨という骨に捻りを加えて力を溜《た》め込む。

そして、オロチが地面に着地する瞬間に力を解放して突撃した。

草薙諸刃流、滅槍《めっそう》・一角獣《いっかくじゅう》。身体の捻りを溜め、技の発動と共に解放して繰《く》り出す回転突きだ。最も貫通《かんつう》力に優れている。

今度は発動を止められはしない。

切っ先はまっすぐに着地寸前のオロチへ。

しかし、タケルは見た。スローに動く世界で、オロチが空中で独楽《こま》のように身体を回転させたのを。

オロチは襲《おそ》い来るタケルの突きに対し、回転に合わせて掌《てのひら》で刀身を叩いた。

刀の三つ頭と鎬筋《しのぎすじ》を強打することで後方へ流す。

突きに対処した受け流しである。

当然タケルの身体は突きの威力を殺し切れず、受け流しの余波も相まって桜の幹に激突した。幹を三本ほどなぎ倒《たお》してようやく止まったタケルは、頭を振りながら地面に刀をついて立ち上がる。

ひたひたと、濡れた落ち葉を踏んでオロチがやってくる。

冷ややかを通り越《こ》して据《す》わったような目をしたオロチは、再びゆっくりと蛍丸の柄に手をかけた。

まずいと思い、タケルは足を踏ん張って刀を正面に構える。

「まずは——天《アマ》ノ邪鬼《ジャク》だ」

オロチの声と共に、刃が煌《きらめ》く。

次の瞬間、タケルが構えていた刀が鈴《すず》のような音を発した。

前を見れば、すでにオロチは刀を振り抜いている。

ぞくりと、背筋が凍《こお》った。

——フォンッ……！

振り抜いた音が遅《おく》れて響《ひび》いた瞬間、衝撃すらも遅れてやってきた。

周りの桜の幹がなぎ倒された。

あらかじめくることがわかっていて防いだというのに、タケルも幹と同じように吹き飛ばされる。足を踏ん張り、ガリガリと地面を削《けず》りながらなんとか衝撃を抑《おさ》え込む。腕がしびれて感覚が無くなった。骨を伝って脳にまで響くような威力に、タケルの喉《のど》が震《ふる》える。

「抜刀術が最高速度を発揮するのは抜いた瞬間じゃねぇ。振り抜く直前だ。零距離で喰《く》らわせる意味なんかどこにもねぇだろ」

「……う……！」

「次──蟷螂坂《カマキリザカ》」

淡々《たんたん》と言って、オロチは後方に一本だけ残った……否、一本だけ残しておいた桜の幹に足をついた。

蟷螂坂は上に跳躍する。高所から叩《たた》きつけるなら、見極めて避《よ》けるだけだ。咄嗟に判断して掃魔《そうま》刀《とう》を発動し、回避《かいひ》に努めようとする。

落下技である以上、避けるのは容易《たやす》い。発動前に止めるのもひとつの手だが、相手はオロチだ。万全《ばんぜん》を期して回避に全力を注いだ方が確実。

オロチが幹を蹴り、上へ跳躍──しなかった。

幹を蹴ると同時にそのまま前方向へ回転しながら突っ込んできたのである。

タイミングがずれて回避できず、不恰好な防御《ぼうぎょ》を取るしかなかった。

叩き込まれる全身全霊《ぜんれい》の蟷螂坂の威力に、タケルの身体が地面に沈《しず》む。周囲一帯に地割れが起こり、地面が激しく隆起《りゅうき》した。

防げたと言っていいのかわからない。衝撃は全身を伝い、ダメージとして残っている。

タケルは血を吐《は》き、よろめいた。

こんな一撃をもらったのは初めてだ。

「この技は初撃の奇襲《きしゅう》くらいにしか使えねぇ。自由落下に任せるから、回転で威力は上がっても、気づかれたら簡単に避けられる」

地面に着地して、オロチは蛍丸を肩《かた》に担《かつ》ぐ。

「ただし地形を利用すれば話は別だ。お前さんが正しかったのは幹を蹴ったところまで……お手本通りに上に跳《と》んでどうする。跳躍して加速したんならそのまま敵に突っ込め」

よろめくタケルに言って、オロチは刀身を鞘へ戻《もど》す。

「そして――片車輪だが」

鞘を腰までスライドさせて、一気に刀が引き抜かれる。

速い。しかし防げないほどではない。

タケルは右手で刀を持ち、左手で峰《みね》を押さえることでオロチの片車輪を防いだ。

刀と刀が打ち合い、オロチの攻撃《こうげき》が止まる。

片車輪は威力はそこまで高くない。防ぐのは比較的《ひかくてき》容易だった。

何故ならこの技《わざ》は――

「この技は複数に包囲された時に使うもんだ。一対一じゃ使う利点がまず見当たらねぇ。だからさっきのお前さんみてぇに攻撃を止められた時は——」

「あっ……！」

「——金槌坊《かなづちぼう》だろうがッ！」

オロチは受け止められた蛍丸の刀身の峰を、思い切り足の裏で蹴り飛ばした。

草薙諸刃《もろは》流、金槌坊。鍔迫《つばぜ》り合いの状態で刀の峰を殴《なぐ》ることで威力の後押しをする技だが、蹴るパターンがあるとはタケルも知らなかった。

再び吹き飛ばされ、タケルが地面に転がる。

オロチは刀の峰で自分の肩を叩きながら、深く深くため息を吐《つ》いた。

そして下を向いたまま、転がったタケルの元へ歩いていく。

「何のつもりだ……タケル……こんな初歩的なことを指摘《してき》してやらねぇとまともに剣も振れねぇってか？」

「…………っ」

「違《ちが》うよなぁ？　そうじゃねぇよなぁ？　気づいてるんだろ？　まさか無意識とは言わせねぇぞ」

身体を痙攣《けいれん》させるタケルの元までやってくると、オロチは前髪《まえがみ》の間から赤いルビーのような瞳《ひとみ》を覗《のぞ》かせる。

「……今、お前が相手にしてんのは誰《だれ》だ？」

「…………」

「お前が相手にしてんのは何だ？」

薄暗《うすぐら》い空が、稲光《いなびかり》で白く染まる。

オロチの顔は影《かげ》になって見えない。ただ、赤い瞳だけがタケルを凝視《ぎょうし》していた。

問われて初めて、タケルは自分が一歩引いていたことを自覚する。

本気じゃないわけじゃなかった。先のことを考えながら、自分なりに全力で挑《いど》んだ。

それでも……刃《やいば》に迷いが無かったとは言えない。

タケルにはやはり、オロチを敵として認識《にんしき》することができないでいた。

（……わかってるんだ……でも）

斬りかかろうとすると、修行《しゅぎょう》の思い出が蘇《よみがえ》る。厳しくて憎《にく》たらしくて、何度も殺されそうになったのに、いつも最後は許してしまう。崖《がけ》から落とされた時も、濁流《だくりゅう》に蹴落《けお》とされた時も、家に帰るといつもタケルの分の飯の支度《したく》をして待っているような人だった。

そしてボロボロになって帰ってきたタケルに、笑顔《えがお》でこう言うのだ。

『おう、生きてたか』

情が無い？　情を捨てろ？

無理に決まっている。数え切れない恩があるのだから。

技に迷いが生じていたのは、この情のせいだ。

故《ゆえ》にオロチは——激怒《げきど》する。

当然だろう。当然だ。

こんなものは彼にとって侮辱《ぶじょく》でしかない。

「お前はこの俺様に、剣術《けんじゅつ》の稽古《けいこ》をしてもらうために追ってきたのか？」

違う。教えを仰《あお》ぎにきたわけじゃない。

タケルは下唇《したくちびる》を噛《か》みながら、首を横に振《ふ》った。

「それともお前は、この俺様と剣で語らいにきたのか？」

それも、違う。

もはや剣ですら、語ることなどないのだ。オロチの剣には、タケルに語って聞かせるような気持ちなどどこにもなかった。

オロチに語らうつもりなどもはやない。

タケルはもう一度、首を横に振る。

「じゃあ……お前は何しに来たんだ……タケル」

目を細め、静かにオロチは問いかける。

タケルは、

「俺……は……」

タケルは剣を手に持ち、雨でぬかるむ大地に足をついた。

そして濡《ぬ》れた前髪の中から、悲しみを帯びた瞳をオロチへ向ける。

オロチはその悲しみを撥《は》ね除《の》けるように、赤い瞳でタケルを見つめている。

答えなど、決まっている。

「……っ……」

タケルは一度固く目を閉じ、過去の思い出を脳裏《のうり》に過《よ》ぎらせる。

山奥でオロチと過ごした修行の日々を。

地獄《じごく》のような日々だった。毎日が辛《つら》くて仕方が無かった。強くなりたいという意志だけで諸刃流を学んでいた。

同時に辛さと同じくらいの充実感《じゅうじつかん》があった。着実に強くなる自分と、成長を証明させてくれる、掛《か》け替《が》えのない恩師がいた。

剣術しか無かった頃《ころ》の自分にとって……あの頃の自分にとって、とても幸せな日々だったと断言できる。

でも――今のタケルには、その思い出よりも大切なものがたくさんあった。
恩師よりも大切な存在が、たくさんいる。
何を犠牲《ぎせい》にしても守りたい人達が、救いたい人がいる。
だから――。
だから――――！
タケルは目を開き、思い出を切り捨てて――剣を構えた。
「俺はあんたを……斬《き》りに来たんだ」
赤い瞳で、赤い赤い鬼《おに》の瞳で、タケルはオロチを睨《にら》む。
オロチは顔を上げて、心の底から嬉《うれ》しそうに微笑《ほほえ》んだ。
「なら……始めようぜ、草薙タケル」
二人の鬼が、改めて対峙《たいじ》する。
オロチが肩に担いだ剣を正眼に構えなおす。タケルは上段に構えた。
互《たが》いに睨み合い、刃を光らせる。
そして――タケルとオロチは、掃魔刀の暴走を解放した。
稲光が空を走った瞬間《しゅんかん》、降り注いでいた雨粒《あまつぶ》が空中に静止した。
美しい世界がそこにあった。

雨粒の一つ一つが宝石のように輝《かがや》き、うねる稲妻《いなずま》はまるで竜のようにゆっくりと優雅《ゆうが》に空を駆《か》ける。

これが鬼が見ている世界。

これが二人の世界だ。

停止した世界で——二匹《ひき》の鬼は衝突《しょうとつ》する。

「「草薙諸刃流——怪火蛍《かいかぼたる》！」」

同時に同じ技を繰《く》り出し、雨粒を一つ一つ弾《はじ》けさせながら刃《やいば》を振るう。

超高速《ちょうこうそく》の世界で、超高速の剣が躍《おど》る。

相手の攻撃を受け流し、逆に自分の力へと変えるこの技は、同じ技がぶつかり合うと際限なく加速していく。

一瞬の迷いや隙《すき》が生じれば瞬時にバランスを崩《くず》し、相手の刃の餌食《えじき》となるだろう。

この二人に隙だとか迷いだとか、そんなくだらないものは存在しない。

草薙諸刃流、鬼ノ心得。二人は今や、渇望《かつぼう》を絞《しぼ》りただ一つの目的のために邁進《まいしん》する鬼と化している。

荒《あ》れ狂《くる》う鬼の世界で、鬼が斬り合っている。ただそれだけだ。

斬る。斬り殺す。

それだけが二人の渇望であり、願望であり、悲願だ。

「「おおおおおおおおおおおおおおおおおおおおおおッ！」」

音の無い世界で二匹の鬼が咆哮《ほうこう》する。

刃鳴りは無くとも火花は散り乱れ、その光が弾ける雨粒に反射して蛍のように宙を舞《ま》う。

腕前《うでまえ》は圧倒《あっとう》的にオロチの方が上だ。タケルの装甲《そうこう》は砕《くだ》け、肉が裂《さ》けて雨粒に血が混じっていく。対してタケルの攻撃は一切届かない。心まで鬼に染まったオロチは、今や恩師でもなければ幻想教団《ヴァルハラ》幹部ですらない。

剣鬼《けんき》と呼ぶに相応《ふさわ》しい。

タケルは圧倒的劣勢《れっせい》にありながら、心地《ここち》よくすらあった。一つの目的のために全《すべ》てを捨てて挑むことの幸福感。これが鬼の魂《たましい》を持つ草薙の男にとって、肉体の窮屈《きゅうくつ》さから解放される唯一《ゆいいつ》の手段だった。

なんて幸せなのだろう。このままでは負けるとわかっていても楽しくて仕方が無かった。

しかし相手を斬るには、勝たなければならない。

勝たなければ斬れない。

「形状変化！」

声が聞こえずとも、相棒に叫《さけ》ぶ。

ラピスは返答を実行で返した。ミスティルテインの刀身が蛍丸に触《ふ》れる寸前に、野太刀から小太刀へ形状が変化する。

オロチの刃は振り抜けて空を切り、タケルの小太刀がオロチの肉を引き裂く。

続けてショーテル、ククリ、大太刀、斬馬刀《ざんばとう》、グレートソードと大小様々な形状へと変化させ、オロチのリズムをずらして何度も攻撃《こうげき》を当てていく。

手段など選ばない。斬ることが目的なのだ。

これは剣士としての勝負ではない。鬼としての勝負だ。手段の良し悪《あ》しなどどうでもいいのである。

タケルの攻勢にオロチが笑う。そして牙《きば》を剥《む》き出しにしてさらに速度を上げて怪火蛍を繰り出した。

形状変化程度で躍り狂う剣鬼は仕留められない。長さや形が変わるのであれば、変化を見極《みきわ》めてそれに合わせて流れを作るまでのこと。

予測など必要無い。

見切ればいい。

視《み》て、斬ればいい。

掃魔刀《そうまとう》とはそのための技術だ。

タケルの攻勢はすぐに終わった。再びオロチの優勢に逆転する。

だがどういうことはない。一瞬で成長することは難しいが、一瞬で速度を上げることは可能なのだ。相手の腕が自分よりも上ならば、相手よりも速度を上げて対処する。

脳の稼働率《かどうりつ》を上げれば、どんなに腕が良かろうが視えるのだ。

オロチが形状変化に対してそうしたように、タケルはオロチの腕に対してそうするのだ。

視て、斬ればいい。

そう――

《宿主！》

――その時、ラピスの声が聞こえて、タケルはハッとした。

鬼ノ心得は今も発動しているが、ラピスの一言で閉じかけた。

しかし助かった。タケルはまだ戻《もど》ることができる。あのまま続けていれば戻ってこれなくなっていただろう。

タケルは最後の一撃といわんばかりに、滅槍《めっそう》・一角獣《いっかくじゅう》を放つ。

対するオロチは八岐大蛇《ヤマタノオロチ》を振り下ろした。

八連撃をすり抜《ぬ》けて突《つ》きがオロチの胸を掠《かす》ったが、振り下ろされた八撃の内、二撃がタケルの肩《かた》を抉《えぐ》った。

衝撃《しょうげき》で吹《ふ》き飛ばされ、お互いに距離《きょり》をとった瞬間――鬼ノ心得が解除された。

脳に蓋《ふた》をして正常な状態に戻した直後、形容しがたい頭痛が襲《おそ》う。

「っ……ぐ……い、づっ……！」

剣の切っ先をオロチへ向けたまま、タケルは頭痛に喘《あえ》ぐ。まるで頭蓋骨《ずがいこつ》の中を銃弾《じゅうだん》が跳《ちょう》弾《だん》し続けているような痛みだった。

見れば、身体中の毛穴から血が噴出《ふんしゅつ》している。目や鼻からも、血が止まらなかった。

《身体《からだ》は治療《ちりょう》しますので……しばらくはお控《ひか》えください……！》

「……っ、わ……るい、な……！」

ラピスに礼と謝罪をして、辛《かろ》うじて機能している視力でオロチを見る。

明らかにこちら側が劣勢《れっせい》だった。ダメージもタケルの方がはるかに多いはず。

しかし、オロチもまた苦しんでいた。青ざめた顔と、明らかに雨粒ではない血の滲《にじ》んだ汗《あせ》。たとえ吸血鬼《きゅうけつき》の細胞《さいぼう》を移植し、ダンピールと同じ身体能力を手に入れたとしても、脳の構造までは変えられない。

あくまで脳はタケルと同じ条件下にあるのだ。

いや、しかし……おそらく、それだけではない。

タケルには戦っているうちに気づいたことが一つあった。オロチはこちらが与《あた》えたダメージや、鬼ノ心得の副作用以外に消耗《しょうもう》している。

何なのかはわからないが、尋常《じんじょう》ではないことがオロチの身体に起こっている。

「はッ……お互い、欲深くていけねぇ……！　鬼になると、効率ってもんをどうしても忘れちまう」

「……くっ！」

「だが――！」

オロチは笑いながら、痙攣《けいれん》する身体に鞭《むち》を打った。

居合いの構え。オロチの傷は吸血鬼細胞のおかげで見る見るうちに治っていく。

《っ、再生速度でこちらが劣《おと》ります！　迎撃《げいげき》を！》

言われた通りに構えようとするが、身体は震《ふる》えて柄《つか》を握《にぎ》るだけでも精一杯《せいいっぱい》だった。

このままではやられる。

そう思った時、

「諸刃流――蟷螂坂《カマキリザカ》！」

何者かの攻撃が、真上からオロチを襲った。

オロチは抜刀《ばっとう》の軌道《きどう》を変えるために、刃《は》を上に向けて腰《こし》に差していたのを下向きにさせ、
腰から外すと同時に逆手で居合い抜きを行った。

上へ向けての神速の抜刀。

蛍丸の刀身が、奇襲者の剣《けん》と激突《げきとつ》する。

激突した刹那《せつな》、奇襲者側の剣から炎《ほのお》が吹き荒れた。

その炎の中から、青い髪《かみ》の少女が姿を現す。

「デガラシか……！」

オロチは笑《え》みを浮《う》かべながら、刀を最後まで振《ふ》り抜いた。

剣を押し返された奇襲者はタケルのところまで跳躍《ちょうやく》し、隣《となり》に着地した。

「カナリア……っ」

「…………」

カナリアはタケルを見ずに、レーヴァテインを構えてオロチから視線を外さなかった。

オロチは苦しげに顔を歪《ゆが》ませたまま鼻を鳴らす。

「……てことは、異端《いたん》同盟の連中が勢ぞろいでやってきたっつーことか……まいったね
……颯月《そうげつ》の野郎《やろう》もまだ見つけてねぇってのに……」

蛍丸を逆手に構えたまま、オロチはカナリアを見た。

「……何しに来た。これは草薙の戦いだ。デガラシが首突っ込むな」

「…………」

「母親に会ったんだろ……顔見りゃわかる。お前さんの目的はもう済んだ」

「…………」

「失《う》せろ」

関《かか》わるな。そう言われて、カナリアは少し悲しげに顔を伏《ふ》せた。

眼中に無い。オロチの態度で、それが痛いほどわかったのだろう。

地面に剣を突いてなんとか立ったままでいるタケルを差し置いて、しかし彼女は一歩前へ出る。

「タケル、回復するまで、カナがオロチの相手する……」

タケルが引きとめようとした時、カナリアが言った。

「待て……っ、相手をよく考えろ……！　お前じゃ――！」

「――カナだって諸刃《もろは》流だから！」

背を向けたカナリアが、肩を震わせてタケルの言葉を遮《さえぎ》る。

引きとめようとしたタケルの手が、宙を摑《つか》む。

「カナは草薙じゃないけど……諸刃流だから……！」

剣を振り払《はら》い、カナリアが炎を纏《まと》う。

タケルの中で、引きとめたい気持ちとそのまま行かせてやりたい気持ちが鬩《せめ》ぎあった。

カナリアは自分の腕がタケルよりも劣っていることを自覚している。オロチの相手などできるはずがないことも、重々承知の上だ。わかった上で、彼女はオロチと剣を交えることを望んでいた。

カナリアは草薙の血は引いていない。

だが、紛《まぎ》れも無く諸刃流なのだ。タケルと同じようにオロチに師事を受けた諸刃流なのだ。

彼女がここに来たのは草薙だからではない。

諸刃流だから。

即《すなわ》ち、タケルやオロチとは違《ちが》い、彼女は剣で語るために来たのだ。

剣で問いかけるために来たのだ。

カナリアはレーヴァテインを正しく構え、オロチと対峙《たいじ》する。

「草薙諸刃流目録……金糸雀《カナリア》」

「………」

「よろしく……お願いします」

カナリアの口から出た初めての敬語にオロチは少しだけ面食《めんく》らって、笑い声を漏《も》らした。

決して馬鹿《ばか》にしたわけでも、彼女の想《おも》いを蔑《ないがし》ろにしたわけでもない。

この土壇場《どたんば》で、この修羅場《しゅらば》で、この正念場で、弟子《でし》としてのわがままを言ってきた愛弟子《まなでし》に愛着と煩《わずら》わしさが入り混じったのだ。

彼女の諸刃流ぶりに少しだけ人間としての自分を思い出したのだ。

オロチは鬼《おに》としての自分を抑《おさ》え、優《やさ》しげな苦笑《くしょう》をカナリアへ。

「……ったく……しょうがねぇなぁ、お前さんはよ」

逆手に持った柄をオロチが強く握ったのを見て、カナリアは息を止める。

そして正々堂々、師へと刃を向けた。

「…………――行きます！」

「おいで、」

まるで我が子に両手を広げるように、オロチは言った。

＊＊＊

禁忌《きんき》区域と学園施設《しせつ》の中間に位置する桜の森での戦いを、遠目から見ている者が二人いた。

うさぎと斑鳩《いかるが》だ。

森を一望できる審問《しんもん》会施設の薬師棟《シーリーとう》から、うさぎは窓際《まどぎわ》で狙撃銃《そげきじゅう》を構えていた。

スコープ越《ご》しにタケルとオロチの人外の戦いを見届け、今はカナリアの戦いを監視《かんし》している。

「……やるなら、今ね……」

「…………」

斑鳩の言葉に、うさぎの気位が揺《ゆ》らぐ。

超高速《ちょうこうそく》の戦いを最初からずっと見てきたが、とても目で追えるものではなかったし、予測して着弾《ちゃくだん》させることなど絶対に不可能だった。

こちらの狙撃チャンスは一度きりだ。もし外せば、オロチはうさぎの位置を即座《そくざ》に特定し、相応の対処をしてくるだろう。そうなれば、勝機はなくなる。

しかしオロチの速度が通常……といっても、掃魔刀《そうまとう》による高速戦闘《せんとう》であることには変わりはないのだが、それでも今は影《かげ》や動きの軌跡《きせき》くらいはうさぎにも見える。

動きのパターンすら予測できないほどの高速ではなかった。今までタケルの援護《えんご》をし続けてきたうさぎにとっては、もはや慣れ親しんだ速度だ。

止まった時を狙《ねら》えば、うさぎの実力ならば確実に仕留められる。

狙うのは右足だ。オロチは戦闘中、動きに若干《じゃっかん》の不自然さがあった。超高速戦闘中はまるで気づけなかったが、今のカナリアとの打ち合いを見れば、それが顕著《けんちょ》だ。

オロチは右足を痛めているか、もしくは何らかの病を患《わずら》っている。吸血鬼の細胞を移植しても治癒《ちゆ》できない何かが、あの右足にはある。

だが……。

「…………」

ここで水を差していいものか、うさぎは迷っていた。

カナリアは諸刃流として師匠《ししょう》に挑《いど》んでいる。望んでいるのは師弟《してい》の戦いだ。剣での語り合いだ。

オロチもそれを受け入れている。鬼と化し、タケルに対して問答無用、縦横無尽《じゅうおうむじん》の戦いに身を投じていた時とは違う。師としてカナリアに向き合っている。

邪魔《じゃま》をすればカナリアに恨《うら》まれるのは確実だ。

罵倒《ばとう》され、詰《なじ》られるだろう。

「…………」

だが――うさぎはトリガーに指をかける。

水を差す覚悟《かくご》を決める。

この戦いは、正々堂々の試合ではない。

――戦争だ。

敵も味方も何もかも、己《おのれ》の悲願を達成するために、手段を選ばず戦っている。

故《ゆえ》に、うさぎも自分の守りたい者のために手段を選ぶつもりはなかった。

謝るつもりもない。卑怯《ひきょう》だと蔑《さげす》まれても構わない。

これは西園寺《さいおんじ》うさぎの戦争なのだから。

「……必ず、守りますわ」

小声で呟《つぶや》いて、敵の動きに射撃のタイミングを合わせる。

装填《そうてん》されている弾丸《だんがん》は、斑鳩が『賢者の石《ナノマシン》』で生成した霊銀《れいぎん》弾だ。霊銀は吸血鬼《きゅうけつき》にとって通常の銀以上に天敵となる物質である。ダンピールは日の光も十字架《じゅうじか》も通用しないが、銀が弱点という点は受け継《つ》いでいる。半分が人間であるため仕留めるのは難しいだろうが、あの右足を狙えば戦闘続行不能までは追い込めるだろう。

カナリアがオロチの剣戟《けんげき》に吹《ふ》き飛ばされ、尻餅《しりもち》をついた。

オロチは動きを止め、カナリアに刃を突《つ》きつけている。

斬《き》るつもりはないのだろう。表情は柔《やわ》らかく、カナリアの「まいりました」の言葉を待っている。鬼ではなく、師の顔だ。

「——撃《う》ちます」

うさぎはその優しさを、無慈悲《むじひ》に狙い撃った。

＊＊＊

銀の弾丸がオロチの足を貫《つらぬ》いたのを、タケルはしかと見届けた。

驚《おどろ》きはあったが、うさぎの仕業《しわざ》だということを一瞬《いっしゅん》で理解する。

「ぐっ……！……っ！」

オロチが刀を地面に突き刺《さ》して、苦悶《くもん》の表情で身体《からだ》を支える。

右足が不調なのはタケルも気づいていた。そこへ霊銀弾による的確な追撃。オロチの右足は着弾痕《ちゃくだんこん》から輝《ひび》が走り、傷口から灰になっていく。

右足はもう動きはしないどころか、あと数分で崩《くず》れ落ちるだろう。

あまりに容赦《ようしゃ》の無い狙撃にタケルは歯を食いしばった。

「……よくやった、うさぎ……」

インカムにそう告げて、タケルは二本の足でしっかりと立ち、カナリアを見た。

カナリアは突然《とつぜん》のことに放心していたが、すぐに何もかも察したのか悔《くや》しそうに瞳《ひとみ》を揺らした。

「……わかってる……カナだって、わかってるよ……」

震《ふる》えたか細い声に、タケルの胸が締《し》め付けられる。

だがうさぎは正しい。タケルが期待した仕事を成し遂《と》げてくれた。

考えうる限りの、最高の援護だ。

そして、
三度《みたび》──タケルはオロチと対峙する。

「……ふっ、たいしたもんだ、お前さんの仲間は」

オロチは口元だけに笑《え》みを作りながら、真剣《しんけん》な表情で言った。

嫌味《いやみ》ではなく、素直《すなお》な賞賛だった。

「ああ。信頼《しんらい》してる」

迷いなく返して、タケルは剣を構えた。

その時、桜の森の外から無数の気配が近づいてきた。人間の足音もあれば、ドラグーンの足音も混ざっている。

異端《いたん》同盟の増援であることは、オロチも気づいたようだった。

駆《か》けつけた同盟のメンバー達が、こぞって銃口をオロチへ向ける。

同時に遠方の半壊《はんかい》した魔導遺産封印塔《ふういんとう》で銃口が光った。恐《おそ》らく大野木《おおのぎ》彼方《かなた》がオロチを狙っているのだろう。

さらには、桜花《おうか》とマリもタケルの後ろにやってきた。

「……タケル！」

「よかった！　無事⁉」

二人の問いかけにタケルは答えない。

オロチと対峙したまま剣を向けている。

「全員構えろ。まだ戦闘中だ」

容赦なくタケルは仲間に命令する。

鬼気《きき》迫《せま》るタケルの声に、マリと桜花は一瞬驚いたが、すぐに彼の気持ちを察する。

マリは魔《ま》法陣《ほうじん》を展開。桜花はヴラドの銃口をオロチへ向けた。

完全に包囲されたオロチは、刀を地面に突き刺して支えにしたまま、ため息を吐《つ》いて空を仰《あお》いだ。

「……こりゃまずいぜ。絶体絶命……初めての経験だ」

オロチが皮肉っぽく言った。

タケルや異端同盟にはもはや投降を呼びかけるつもりも、彼を捕縛《ほばく》するつもりも無い。

そんなことはオロチだってわかっていた。

灰になっていく右足を見て、オロチは笑う。

「少しでも生きながらえようとあれだけの血を吸ったのにこのザマか……人間が神になるってのは、こんなにも業《ごう》が深いもんなんだな」

「………」

「だが――ここで終わらせるつもりはねぇぞ」

オロチの瞳が、再び鬼《おに》の色に染まる。

タケルも、同じように鬼ノ心得を発動させた。

その時、オロチが鬼の形相で蛍丸《ほたるまる》を放《ほう》り捨てた。

「俺様は神になってミコトを取り戻《もど》す！　お前は世界を好きにすりゃあいい！　止まるわけにゃいかねぇ――そうだろう！　グングニル！」

オロチがその名を口にした瞬間、純白の魔法陣と共に、彼の背後にマザーグースが姿を現した。

《はい。その通りです――宿主》

場の空気が一変、異端同盟の緊迫感《きんぱくかん》が頂点に達する。

純白の魔法陣がまばゆく輝《かがや》き、マザーグースの身体が魔力の粒子《りゅうし》となって消える。

その瞬間、周囲の景色が一変した。

戦闘でなぎ倒《たお》された江戸《えど》彼岸《ひがん》の桜の花が、見る見るうちに開花し、満開となった。桜以外の草木も青々と茂《しげ》っていく。

曇《くも》っていた空が一瞬で晴れ渡《わた》り、夕暮れの光が降り注ぐ。

まるで生命と環境《かんきょう》の暴走だ。グングニルの特性がどういうものかはわからないが、この世界の理《ことわり》を覆《くつがえ》すレベルのものであることだけはわかる。

魔法陣の中心に立つオロチは髪《かみ》を逆立てながら歯を食いしばっている。

神器グングニルと、鬼の魂《たましい》を持つ草薙オロチ。

この二つが合わさった時、何が起こるのかを知る者は誰《だれ》もいない。

されど、この二人に通用する者がいるとすれば誰なのか——それは皆《みな》が知っていた。

「……命令変更《へんこう》だ。全員、ここから退避《たいひ》しろ」

瑠璃《るり》色の装甲《そうこう》を纏《まと》いし男が、皆を背に一歩前へ出る。

桜花とマリが顔を見合わせ、タケルの背中に声をかけようとする。

だが、できるわけがない。

あの二人に太刀《たち》打ちできる存在が、彼しかいないことを二人は知っているから。

止めることなどできない。任せることしかできない。

そんな自分を情けなく思いながらも、二人は背中を見送るのだ。

――必ず戻ってきて。

声に出さずとも、想《おも》いは伝わる。

タケルは拳《こぶし》を作り、軽く右腕《みぎうで》を上げた。

それがタケルの答えだった。

ゆっくりと歩きながら、タケルはラピスに力を求める。

ラピスは一瞬の沈黙《ちんもく》の後、その求めに応《こた》える。

歩みに合わせて魔法陣が出現し、瑠璃色から黄昏《たそがれ》色に染まっていく。

異端同盟と共に、桜花とマリが離《はな》れていくのがわかる。少しの寂《さび》しさを覚えつつも、タケルは最後の戦いへと挑んだ。

近づいてくるタケルに――オロチはちょっと意地悪そうな笑みを浮《う》かべた。

「お前さん、結構モテるんだな」

この期《ご》に及《およ》んで軽口を叩《たた》くオロチに、タケルはあっけにとられた。

しかし、これが最後だ。

最後に人としての会話をしておくのも悪くない。

内容が俗《ぞく》っぽいところが実にオロチらしくて可笑《おか》しかった。

「わかんねぇけど……師匠《ししょう》は？」

苦笑《くしょう》しながら問うと、オロチは下品に笑う。

「わけぇころはそりゃあもう！」

「嘘《うそ》つけ。家を訪《たず》ねてくる女性《ひと》なんて一人もいなかったくせに」

「おーおー、罪作りな男が言うことは違《ちが》うねぇ。余裕《よゆう》があって羨《うらや》ましいこって。おっさんもご相伴《しょうばん》にあずかりたいもんだぁね」

「今のその外見でおっさんとか言うなよ……俺が老《ふ》けてるみたいじゃん。言おうと思ってたけどそっくりすぎて気持ち悪いわ」

「そりゃおめぇ、自分の顔が気持ち悪い出来ってことなんじゃねぇの？」

「コノヤロウ……」

口の減らない師匠である。

桜の花びらが舞《ま》い散る夕暮れの森で、二人は最後の談笑をする。

オロチはひとしきりケタケタと笑った後、目を細めて本気でうらやむようにタケルを見た。

「……まあ、待っててくれる女がいるってのはいいもんだ」

そこはタケルも否定しない。

待っててくれる女というよりは、一緒《いっしょ》に戦ってくれる仲間だが、今の自分がこうして立っていられるのは全《すべ》て仲間達がいるおかげだった。

「──だが残念ながら、お前さんがあの子らのところに帰ることはもう二度と無い」

その言葉が、師弟《してい》としての最後の談笑に終わりを告げた。

現実に引き戻され、タケルは胸に鬼の心を宿らせる。

「──それはこっちの台詞《せりふ》だ。あんたがミコトさんと再会することは、もう二度と無い」

お互《たが》いの譲《ゆず》れない気持ちをぶつけ合い、二人は剣を構える。

タケルの瑠璃色の刀に黄昏の炎《ほのお》が宿る。

オロチは手に純白の剣を出現させ、白き炎を纏《まと》わせる。

「タケル……一撃《いちげき》だ。死ぬ前によぉく見とけ。今からお前に、諸刃《もろは》流の秘奥義《ひおうぎ》を見せてやる」

「…………」

「鬼ノ心得を手に入れたなら、もうやり方はわかってるはずだ。こいつに打ち勝ちたきゃ、同じ技《わざ》で挑《いど》むんだな」

オロチがブロードソードの形をした白い剣を下段に構える。

タケルも、瑠璃色の刀を鞘《さや》へ戻し、居合いの構えを取った。

そして──信頼すべき互いの相棒に、大いなる力を求めた。

【我は軍勢《Herjann》。我は波《Uzr》。我は万物《Alfozr》。我は滅び《Vizurr》。そして我こそは――】

【薪を山と積み上げよ、ラインのほとりに堆く《Starke Scheite Schichtet Mir Dort Am Rande Des Rheins Zuhauf》。眩く高く炎よ燃えよ《Hoch Und Hell Lodre Die Glut》――】

【――激怒せし神の化身なり《Odin》】
【――神の気高き身体を燃やし尽くすのだ《Die Den Edlen Leib Des Hehrsten Gott Verzehrt.》】

二人の身体を、足先から頭の天辺《てっぺん》までを鎧《よろい》が包む。

魔法陣が砕《くだ》け散り、そこに君臨するは神狩《が》りと――神そのものだった。

《神格化》

自身の存在としての力を神と同等にまで昇華《しょうか》させる力だった。異世界の神そのもの……

その力は想像を絶し、世界の理すら捻じ曲げ、死した者を蘇《よみがえ》らせ、朽《く》ちた枯《か》れ木を青葉に戻し、新たな生命を創造し、時間すらも超越《ちょうえつ》することができる。

だが、無論今のオロチは不完全だ。この力の本領を発揮させるべき場面は、鳳《おおとり》颯月を殺す時だからだ。

オロチの身体でこの力に耐《た》えられるのは残すところあと一回。

この戦いを切り抜《ぬ》ければ、颯月へ挑み、神となる権利を得られるとオロチは確信している。

だが、対するタケルとラピスの力は《神狩り化》だ。

この力は神を殺すための力。今のオロチにとって最悪の力だった。

タケルはグングニルの力が《神格化》であることを知らないが、それでもこの力で今のオロチを斬《き》ることができると確信していた。

真実を記すならば――この二つの力に、戦力という面のみならばそれほどの差はない。

神の力と、神を殺すことのできる力。

対《つい》なように見えてその実は同じだ。

差が出るとすれば――使い手の能力のみ。

タケルとオロチは兜《かぶと》の中で目を見開き、己《おの》が異端の力を解放する。

草薙諸刃《もろは》流――鬼ノ心得。

感情を捨て、自らの心を喰《く》らい、欲望を絞《しぼ》る。

速さだ。

速さだけを求めるのだ。

舞い散る桜が空中で静止する。夕焼けの木漏《こも》れ日が光の粒子となってキラキラと降り注ぐ。

全ての光の動きが見える。

美しき世界の中、動ける存在は二人だけ。

だが、動かない。

まだ足りない。速く、もっと速く。

オロチとタケルは夢想し、幻想《げんそう》し、追い求める。

置き去りにする。

何もかも、風も音も——光に届くために！

見えない。まだ見えない。もっと——もっと！

「草薙諸刃流・秘奥義——」

先に動いたのはオロチだった。

ここが鬼の限界点。決して追いつけない光を追い求め、光の速さに限りなく近づいた結果の世界。緩《ゆる》やかに動く光の粒子の中をオロチは駆《か》ける。

「——アマノハバキリ」

タケルにもオロチが動いたのが見えていた。

だが——タケルはまだ動けない。

否、動かない。まだ先があるからだ。
人が踏《ふ》み込んではいけない領域に踏み込む技を、掃魔刀《そうまとう》と呼ぶ。
鬼が踏み込んではいけない領域に足を踏み入れる技を、鬼ノ心得と呼ぶ。
では、その先は？　その先には何がある？
それはやはり光だろう。
鬼では追いつけない、近づけても追いつけない世界。
そこにたどり着くために必要なことが何なのか、タケルにはわかった。
目を閉じ——音を閉じ——匂《にお》いを閉じ——痛みも閉じる。
そして心も、魂すらも閉じた時——それはようやく、手に触《ふ》れた。

ああ、やはり、届くのか。

その事実を知った瞬間《しゅんかん》、タケルは目を開いた。
「――――」
目の前で、剣《けん》を振《ふ》ろうとしたオロチが、石のように固まっている。
止まっている。
亜《あ》光速の一撃を放つ直前に、停止していた。
静かだった。何も感じなかった。光には温《ぬく》もりもまぶしさもない。
何故《なぜ》ならば、今タケルは光そのものだからだ。
タケルは無意識のまま、腰《こし》の刀を引き抜く。
そして、名も知らぬはずの技を口にした。
「草薙諸刃流・秘奥義…………天羽々斬《アマノハバキリ》」
斬った感覚はない。何かを斬ったという意識もない。
タケルは切断というただの現象として、光速の世界で存在していただけだった。
速度が一段階落ち、オロチの身体が動き始める。
同時にタケルの兜が砕け、鬼《おに》としての意志が戻《もど》ってくる。
速さを求めること以外に何も抱《いだ》かない鬼の魂《たましい》が戻ってくる。
それなのに――

「…………」

――オロチを斬り抜いたタケルの瞳《ひとみ》からは、一筋の涙《なみだ》がこぼれていた。

＊＊＊

剣を振り抜いたオロチは、黄昏《たそがれ》の空の下に立っていた。

桜の花びらが舞《ま》い、光の降り注ぐ世界は、鬼としての心を忘れるほどに美しかった。

一五〇年前と同じだった。あの時も、空はこんな黄昏の様相をしていた。

「……美しいもんだな」

《……ええ》

マザーグースがオロチに同意する。

二人とも声は穏《おだ》やかだった。

「ここまでか」

《我々の敗北ですね》

オロチは小さく笑い、目を細めた。

「グングニル……」

《はい》

「……世話になった」

《……こちらこそ。私はまだ仕事が残っていますので、後から行きます》

「おう」

オロチの手から剣が落ちる。

剣はオロチの手から離《はな》れ、静止しているかと見まがうほどにゆっくりと地面に向かって落ちていく。

オロチが小さく息を吐《は》くと、これまでの人生が高速で脳裏《のうり》を過《よ》ぎった。

なるほど、これが掃魔刀じゃなくて、走馬灯ってやつなのか……。

くだらねぇと苦笑《くしよう》して、オロチはその記憶《きおく》に身を委《ゆだ》ねた。

荒《あら》くれ者だった幼少期、ミコトとの出会い、戦争、戦いの日々……ミコトを殺した瞬間の記憶……無為《むい》に過ごした一五〇年……タケルとの出会い、別れ……カナリアとの修行《しゆぎよう》の日々……。

その記憶を眺《なが》め終わった後、不意に背中に温かいものが触れた。

誰《だれ》かが背中合わせに立っている気がした。

タケルではない。

もっと背が小さくて、酷《ひど》く華奢《きやしや》な身体《からだ》をした女だ。

——もう、いいのですね？

その女は懐《なつ》かしい声で、優《やさ》しく撫《な》でるようにそう言った。

人としての心が解放され、安堵《あんど》に打ち震《ふる》える。

オロチは天を仰《あお》ぎ、黄昏の空を眺めながら、吐息《といき》と共に答える。

「ああ……満足だよ……ミコト」

晴れ晴れとした声でそう言って、オロチは安らいだように目を閉じた。

世界が正常に動き始めた瞬間、オロチはタケルの放った光速剣のエネルギーに胸を引き裂《さ》かれ、その衝撃《しょうげき》に飲み込まれていった。

エピローグ

想像を絶する爆風《ばくふう》と衝撃波《しょうげきは》が過ぎ去った後、桜花《おうか》はほぼ更地《さらち》となってしまった学園の敷《しき》地《ち》を走っていた。

タケルの神狩《かみが》り化を解除させるためになるべく離れずにいたのだが、秘奥義《ひおうぎ》のあまりの衝撃に吹《ふ》き飛ばされてしまったのである。

「ヴラド！　タケルはどうなった⁉」

《待て……匂《にお》いを探《さぐ》る》

はやる気持ちにやきもきしながら五秒ほど待つと、ヴラドは結果を報告した。

《——無事だ。生きている。神狩り化の後遺症《こういしょう》も無いようだ。意識もある》

「……そうか！」

心の底から安堵《あんど》して、桜花はタケルの元へ急ぐのだった。

＊＊＊

オロチを斬《き》ったタケルは、片膝《かたひざ》をついてしばし身体《からだ》を休めていた。

自分が無事だったのが不思議でしょうがない。頭痛も、何故《なぜ》か急になくなっていた。

タケルが息を吐き、立ち上がろうとしたところで、自分の身体がボロボロなことに気づく。傷だらけを通り越《こ》して、傷が無い場所が見当たらない。

これだけのダメージを負っているのに痛みが無かった。

恐《おそ》らく、痛覚が死んでいる。

「なるほど……頭痛がしねぇのはそういうことか……」

《……っ》

「お前が気にすることじゃねぇよ。必要なことだった。鬼《おに》ノ心得も、神狩り化も、両方な。それにお前が全力で神狩り化を解除してくれてたの、わかったからよ」

《…………宿主》

「お前の声が無かったら、戻ってこれなくなるところだった」

少しだけラピスの心が落ち着いたのをタケルは感じた。

気遣《きづか》っているつもりはなかった。

使うと判断したのは自分だ。責任は自分にある。

タケルも気持ちを切り替《か》えなければならない。

まだ戦いは、終わってなどいないのだから。

オロチを殺したことに気持ちをやっている暇《ひま》は無いのだ。ここで気落ちしようものなら、死んだオロチも激怒《げきど》するだろう。

「俺がこの破壊《はかい》を招いたのか……桜花達は無事か？」

《はい、どうやら無事なようです。光速で攻撃《こうげき》を放ったのですから、本来ならばこの程度の被害《ひがい》で済むはずがありません。どうやら……グングニルの付与《ふよ》にはあらゆるエネルギーを吸収する作用があったようです》

《黄昏の付与《トワイライト・エンチャント》》や《神殺しの付与《ラグナロク・エンチャント》》の上位互換《ごかん》といったところなのだろうか。あらゆるエネルギーとなれば、あの斬撃《ざんげき》が通ったのは不思議だった。

《刀身に触《ふ》れていなければならないのは同じ条件なのでしょう……宿主の斬撃の方が速かったわけですから、付与《ふよ》の効果も発揮できなかったのかと》

「…………」

《……草薙《くさなぎ》オロチを斬った直後、爆発するエネルギーの大半がグングニルの刀身に吸い込まれるのを確認《かくにん》しました。吸収量がオーバーし、その後宿主を失ったグングニルの行方《ゆくえ》は……不明です》

説明を聞いてもよくわからなかったが、どうやら最後の最後にマザーグースは仲間達を守ってくれたらしい。

敗北後に仲間を守ってくれたその真意はわからないが、感謝せざるを得ない。

タケルはボロボロの身体で立ち上がった。

「……異端《いたん》同盟と再度合流して、キセキと理事長を捜《さが》すぞ」

《その件についてなのですが……妙《みょう》だとは思いませんか？　ここまで鳳《おおとり》颯月《そうげつ》は百鬼夜行《ひゃつきやこう》を実戦に投入していません。これだけ幻想《ヴァルハラ》教団に攻め入《せ》られているというのに……》

言われてみれば確かに妙だった。

颯月の目的がタケルに殺されることだったとしても、百鬼夜行を使わないのは解《げ》せない。

タケルが不審《ふしん》に思いながら思案していると、そこへ。

「タケル！」

慣れ親しんだ声が聞こえてきて、タケルは振り返った。

桜花が一人でこちらに走ってくる姿が見えた。

タケルは回復のために魔女狩り化を維持《いじ》した状態で、無事だったことに安堵しつつ桜花に駆《か》け寄る。

そして、二人がお互《たが》いの元にたどり着こうとした瞬間――

――赤い肉の柱が、地面から突然《とつぜん》突き出てきた。

桜花とタケルは赤い肉に妨《さまた》げられ、足を止める。

「……桜花！」

名前を呼ぶが、返事がない。気づけば自分の周りを取り囲むように、赤い肉が地面から生えていた。

瞬《また》く間に山のように赤い肉の塊《かたまり》が積みあがっていく。

その頂上に——白い影《かげ》があった。

愛《いと》しい、影があった。

「…………キセキ……！」

その名を呼び、タケルは剣《けん》を片手に対峙《たいじ》する。

妹、草薙キセキと対峙する。

キセキは冷たい眼差《まなざ》しで兄を見つめていた。

タケルは怯《ひる》みそうになる心を奮《ふる》い立たせて、真っ向からキセキを睨《にら》み返す。

——ようやく出会えた。ようやくだ。

恐怖《きょうふ》と歓喜《かんき》の両方に打ち震えながら、タケルは口元に笑《え》みを浮《う》かべる。

「よう……ずいぶん遅《おそ》かったな」

待ち合わせでもしていたように、タケルはキセキに言った。

「宣言通り……来てやったぜ。兄妹喧嘩《きょうだいげんか》を始めようじゃねぇか」

うねる肉の頂上で、キセキは表情を変えずにタケルを見下ろすばかり。

怒《おこ》っているのは承知の上だ。挑発《ちょうはつ》したのも、わざとだ。

自分の想《おも》いをぶつけるのが喧嘩だ。マリに言われた通り、キセキは無理やりにでも救ってみせる。

タケルの意志は固かった。

しかし──同時に、キセキの意志も固いのだ。

「キセキもね……宣言通りにしたよ……」

その言葉の意味が、タケルにはよくわからなかった。

宣言……キセキは、何をすると言っていた？

思い出せ。嫌《いや》な予感がする。

背筋から徐々《じょじょ》に寒気がのぼってくる。

キセキは最初に、何と言っていた？

『——まずは、世界中の人間を殺すの』

思い出した。キセキは確かにそう言った。

タケルの不敵だった笑みが、次第《しだい》に凍《こお》りつき、絶句へと変わっていく。

肉の壁《かべ》が消えて、破壊された学園の向こうに、街の景色が見えた。

学園は丘《おか》の上だから、街並みを一望できる。

そこにあった光景は、
タケルの想像を、遥《はる》かに超《こ》えたものだった。

「……世界中の人間を殺すには、まずどうしたらいいのかなと思って……」

「………………」

「いろいろ考えて、答えがこれだったの」

冷たかったキセキの表情が和《やわ》らぎ、安らいだような笑顔になる。

「ほら見て、お兄ちゃん」

キセキが街を指差す。

その先には——地下という地下から溢《あふ》れ出し、街どころか、地平線の向こうまでを飲み込む赤い肉の海が広がっていた。

強張《こわば》った顔で、もう一度キセキを見る。

キセキは悪戯《いたずら》っぽく笑いながら、強烈《きょうれつ》な殺意の宿った薄目《うすめ》をタケルへ向けた。

「まずはね──この星をキセキのものにしようと思ったの」
今までキセキが戦場に出てこなかった理由。
それは、彼女が、地下深くへ潜《もぐ》り、
──この星そのものを、喰《く》らうためだったのだ。

＊＊＊

街の北部から攻め入ったオロチ率いる軍勢が殺戮《さつりく》を行っていた頃《ころ》、住宅街が密集している街の南部では──

「…………」

闇《やみ》の中でも輝《かがや》く金髪《きんぱつ》の男が、幼い少女の眼前に顔を寄せ、向き合っていた。

少女は安心しきったような笑顔である。

金髪の男も、同じように和《なご》みきった笑顔で少女の顔と向き合っている。

「えへ」

すごく楽しそうだ。

少女の頬《ほお》に手を当てて、ニコニコニコニコニコニコニコニコしている。

彼のそばには、魂《たましい》が抜《ぬ》け切ってしまった女性が地面にへたりこみ、失禁していた。

彼女が見ているのは、金髪の男が向き合っている少女だ。

首から下が無い、少女の頭だ。

頭だけの、少女の笑顔だ。

男の周りには数え切れないほどの人間の死体が転がっている。生きているのは男とへたりこんだ女性だけ。

女性は少女の母親だった。戦争が始まって娘《むすめ》と街を離《はな》れようとした時、この住宅街で殺戮が行われた。女性は娘を見失い、殺戮の中必死に捜し回っていた。

ようやく見つけたとき、娘は優《やさ》しげな微笑《びしょう》を湛《たた》えた男といた。

きっと迷子になった娘を保護して、一緒《いっしょ》に母親のことを捜してくれていたのだ。

そう思い、嬉《うれ》しそうに駆け寄ってきた娘を抱《だ》きしめようとした時、男が突然少女の首を引っこ抜いたのである。

ポンッ、という、人間の首がもぎ取られた残虐《ざんぎゃく》な効果音とは思えないほどにコミカルな音がした。

母親はきっと、今もこれが悪い夢だと思っていることだろう。

それを思うと、金髪の男——ホーンテッドの心は満たされた。

と、彼がそんな風にささやかな絶望に胸躍《おど》らせていると、遥か遠くの丘の上でとんでもない爆発《ばくはつ》が起こった。

きょとんとしながら、ホーンテッドはその爆発の方を見る。

そこが対魔導《まどう》学園のある場所だと気づいた瞬間《しゅんかん》、ホーンテッドの笑顔が固まった。

「……ん？……あれ？——あ、あれ？　これって、もしかして……僕……」

汗《あせ》をだらだらと流し、身体《からだ》がわなわなと震《ふる》えだす。

愛剣ダーインスレイヴ、ナハトはいつの間にか彼の横に立ちながら、目を線のように細めて、同じように爆発の方を見ていた。

そして、

「完全に出遅《でおく》れたね」

「んNOオオオオオオオオオオオオオオオオオオオオオオオオオオオオッ！」

ホーンテッドは少女の生首を魂の抜けた女性の膝《ひざ》の上にほっぽって、両膝《りょうひざ》をついて頭を抱《かか》え、天に向かって絶叫《ぜっきょう》した。

「やっ……てしまったのか……僕ァ!?」

「……いや、殺戮がメインじゃないとか言っておきながら、丁寧《ていねい》に街の住人一人ずつ絶望させてんのが悪いんだよ？」

ナハトの指摘《してき》に、ホーンテッドは冗談《じょうだん》みたいに号泣《ごうきゅう》しながらバッと顔を上げる。

「だってだってだって！」

「だってだってじゃないよ子供か」

「適当におざなりに殺すなんてこの街の人々に失礼じゃあないかッ！　一生懸命《いっしょうけんめい》生きていたのに！　絶望的な世界で希望を捨てずに生きていたのにッ！　オロチくんとかマザーさんみたいに割り切って殺すのはあんまりだろう⁉　人生のフィナーレだぞ⁉」

「……や、うん、まあ、わかるけど、わかんないや」

ナハトに冷たく返されて、ホーンテッドは道のど真ん中で膝を抱えながらシクシク泣き始めた。

本当はいろいろ計画していたのだ。最初の殺戮は前菜で、おなかいっぱいにしちゃアレだから控《ひか》えめにしといて、草薙タケルがやってきてオロチと戦闘《せんとう》が始まり、師弟《してい》関係の絆《きずな》とかそういうアレが見え隠《かく》れしたその瞬間にオロチをアレしようとか。その後意気消沈《いきしょうちん》してしまったタケルの前にキセキちゃんが現れて、その剣呑《けんのん》なシーンを眺《なが》めつつ、兄妹の絆を取り戻《もど》し、それでも戦わなくちゃいけないんだーとなったところを見計らってキセキちやんもアレする。

「そしてその後メインディイッシュのはずだったのにぃぃ……隠し味にマリさんを添《そ》えてぇぇ」

「添えんなよ」

その後、ホーンテッドは完全にいじけ虫になってしまった。

ナハトがため息を吐《つ》いて、もうやだこの契約者《けいやく》……となったところで、彼女の素敵《さくてき》能力に反応があった。

反応は直下。範囲《はんい》は広大。

ナハトは地面を見つめながら、ホーンテッドの肩《かた》をちょいちょいとつつく。

「まだ終わってないみたいだけど？」

「ふぇえ？」

ホーンテッドが情けない顔を上げた瞬間だった。

街中の地面のいたるところから、赤い肉の柱が突《つ》き出した。

それはまるで赤い森を形成するように、太い幹のように空に枝を伸《の》ばしていく。

終末的光景は、瞬《また》く間に街を飲み込んだ。ホーンテッドがいる場所にも赤い肉が噴出《ふんしゅつ》し、道路を肉の波が押し寄せてくる。

き締《し》めた。

──百鬼夜行《ひゃっきやこう》の出現にホーンテッドは口を半開きにしていたが、すぐにキリッと顔を引き締《し》めた。

司祭服の襟元《えりもと》をただし、こびりついた血液を魔法で洗浄《せんじょう》、長い裾《すそ》を翻《ひるがえ》して、カッと靴音《くつおと》を鳴らす。

そして、力強い足取りで、赤い肉の波に向かって歩き始めた。

「ナハト、草薙タケルは生きているな？」

「うん。オロチを倒《たお》して、なんとかね」

「マ、ママママ、マリさんも？」

「…………。生きてるよ」

「いいぞ……！　それでこそだ！」

目に輝きが戻り、胸を張って魔法陣《まほうじん》を展開する。

「少し前菜を喰い過ぎてしまったがなぁに僕の胃袋《いぶくろ》はまだまだ満たされちゃあいないさ」

「……いまさらかっこつけても遅《おそ》い気がするよ。鼻水出てる」

言いながら、ナハトは人間の形態を止めて魔力の粒子《りゅうし》となり、剣《けん》となりてホーンテッドの右手に握《にぎ》られた。

ホーンテッドはずるずると鼻水を啜《すす》って引っ込める。

目を鋭《するど》く細め、赤い肉の脅威《きょうい》を前に、騎士《きし》のようにダーインスレイヴを構える。

《草薙タケルも草薙キセキの本体も学園にいる。結構遠いね》

「ふむ。あまり時間はないが……案ずることはない。なぁに、古来より言うじゃないか」

そして、ホーンテッドは剣を振《ふ》るって走り出す。

「――絶望《ヒーロー》は遅《おく》れてやってくるとな！」

ナハトは心の底から思った。

何言ってんだこいつ……と。

了

あとがき

颯月《そうげつ》「神様なう」

というわけで一一巻、楽しんでいただけたでしょうか。

お久しぶりです。柳実冬貴《やなぎみとうき》でございます。

対魔導学園《まどう》も二桁《けた》を越《こ》え、物語も佳境《かきょう》となりました。ここまでやってこれたのも皆《みな》さんのおかげです。

正直なところ、著者もここまで続けられるとは想定していませんでしたので、右往左往、悪戦苦闘《あくせんくとう》しつつも嬉《うれ》しくてついついはっちゃけ気味です。

いやぁ、強くなりましたねぇ、雑魚《ざこ》小隊。強くなりすぎてもうなんか、君ら世界滅《ほろ》ぼせるんじゃないの？　とか思ってしまったり。

ポイント稼《かせ》ぎに奔走《ほんそう》していた頃《ころ》が懐《なつ》かしいです。

せっかくなので、本巻のあとがきは対魔導学園制作秘話というか、ちょっとした裏話なんかを書いていこうかなと思います。ちょっと今回のあとがき長いですし。

制作秘話1『実は最初は学園ものじゃなかったし小隊ものでもなかった』

いきなりぶっちゃけた。これははたしてぶっちゃけてもいいのでしょうか。

いいと思います。

最初期のプロットでは学園は存在していませんでしたし、そもそも世界観も完全なファンタジーでした。タイトルも『対魔導学園35試験小隊』ではなく、『宝剣《ほうけん》管理局』という地味なもの。本作でいう魔導遺産を管理、封印《ふういん》するための組織のお話でした。

魔女《まじょ》も滅びていて、魔《ま》法《ほう》にかかわるものが魔導遺産しか残存していない……という設定でした。

小隊も出てきません。管理局員の主人公と新米局員のヒロインの二人がメインでした。

刑事《けいじ》ドラマみたいなノリでお話を進めていく感じだったと思います。

いくらなんでも地味過ぎるだろ、ということで今の形になりました。

もう一個言うと、この作品は前作『Re:バカは世界を救えるか?』の前に一回ボツってます。原型はかなり前からあったんですね。

制作秘話2 『主人公が鐵隼人だった』

だったんです。当初は。

まあ、隼人単体ではなく、

隼人と颯月を足して二で割った感じのキャラでしたね。

隼人と颯月って何だソイツ……。何だソイツ……。

どう説明すればいいんでしょう。クールで愚直だけど、嫌みで含みがあって超憎たらしいキャラクター? でした。どう考えても主人公じゃねぇだろ、とツッコミたくなるキャラでしたね(実際つっこまれた)。

ライトノベルでおっさんが主人公というのは難しいので、一〇代の鐵隼人みたいな奴が主人公でした。

一〇代の隼人が主人公とか、今思うと何それ怖い。ただでさえクールキャラを書くのあんまり得意じゃないのに、主人公って冒険にもほどがあるだろ。

だもんで、実は草薙タケルは初期段階では存在すらしていませんでした。

彼の造形が固まるのはだいぶ後になってからでしたね。実は桜花もいませんでした。マリやうさぎ、斑鳩《いかるが》は元となるキャラはいましたけどだいぶ変わりましたね。あとラピス、高飛車《たかびしゃ》でした。

それとヒロイン、原型は大野木《おおのぎ》彼方《かなた》でした。

彼方さんでした。

——ヒロインだったんだよあの人！

制作秘話３『この作品は三つの企画《きかく》がくっついてできている』

対魔導学園は設定がよくも悪くも混沌《こんとん》としている、という感想をたまにいただきます。

これ、実はその通りというか、著者もそう思っている節がありまして……なにせ自分が考えた三つのプロットが合体して今の形になっているのです。

そりゃカオスになるよ！　何考えてんだよ暴挙だよ！　お前よくそんな企画提出したよ！

こんな感じで自分にツッコミを入れたのを今でも覚えています。

しかしいろいろありましてこれでいこうということになり、書き始めたら、さあ大変。

「どうすっぺ……」と頭を抱《かか》えながら出来上がったのが第一巻。

そしてこの「どうすっぺ……」を一一巻も続けているわけです。

何が続くかわからないものです。反省点はたくさんありますが、苦労の甲斐《かい》がありました。今ではこの作品を愛しています。


こんな感じで、結構紆余曲折《うよきょくせつ》があって今の形になりました。

まさかね、アニメ化していただけるとは思ってもいなくて、嬉しい限りです。

本当に感慨深《かんがいぶか》いものがありますね。

それではページ数もなくなってきましたし、アニメ化の続報なんかをちょろっと書いていこうと思います。

現在、アニメ公式サイトができていまして、ティザービジュアル&キービジュアルが公開されています。スタイリッシュでかっこいいので、ぜひご覧ください！　そして、キャストの一部も発表されました！

草薙タケル役、細谷佳正《ほそやよしまさ》さん！

鳳《おおとり》　桜花役、上田麗奈《うえだれいな》さん！

西園寺《さいおんじ》うさぎ役、大久保瑠美《おおくぼるみ》さん！

杉波《すぎなみ》斑鳩役、白石涼子《しらいしりょうこ》さん！

二階堂《にかいどう》マリ役、伊藤《いとう》かな恵《え》さん！

ラピス役、野水伊織《のみずいおり》さん！

ホーンテッド役、遊佐浩二《ゆさこうじ》さん！

豪華《ごうか》！　今後も色々な情報を随時《ずいじ》公開していくと思いますので、お楽しみに～！


それでは謝辞を。

巻が進むにつれてますますのご迷惑《めいわく》をおかけしてしまっている担当K様。愛のあるイラストを描《えが》いてくださっている切符《きっぷ》様。コミカライズで迫力《はくりょく》のあるアクションシーンを描いてくださっている安村洋平《やすむらようへい》様。アニメ制作スタッフの皆様《みなさま》。ファンタジア文庫編集部の皆様。

そして、ここまでお付き合いくださっている全ての読者様に、感謝を送ります。

さあ、いよいよ次は因縁《いんねん》の兄妹《きょうだい》対決、そして――！

一二巻でまたお会いしましょう！

柳実冬貴

お便りはこちらまで
〒一〇二―八一七七
ファンタジア文庫編集部気付
柳実冬貴（様）宛
切符（様）宛

富士見ファンタジア文庫

対魔導学園《たいまどうがくえん》35試験小隊《しけんしようたい》

11. 魔女狩《まじょが》り戦争《せんそう》(下)

平成27年８月25日　初版発行
平成27年10月10日　再版発行

著者――柳実冬貴《やなぎみとうき》

発行者――三坂泰二

発　行――株式会社KADOKAWA
http://www.kadokawa.co.jp/
〒102-8177
東京都千代田区富士見2-13-3
電話　03-3238-8521（カスタマーサポート）

印刷所――旭印刷
製本所――本間製本

ISBN978-4-04-070550-7 C0193

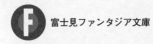

アルザーノ帝国魔術学院非常勤講師・グレン＝レーダスは、まともに教壇に立ったと思いきや、黒板に教科書を釘で打ち付けたりと、生徒もあきれるロクでなし。
そんなグレンに本気でキレた生徒、“教師泣かせ”のシスティーナ＝フィーベルから決闘を申し込まれるも――結果は大差でグレンが敗北という残念な幕切れで……。しかし、学院を襲う未曾有のテロ事件に生徒たちが巻き込まれた時、グレンの本領が発揮され――!?

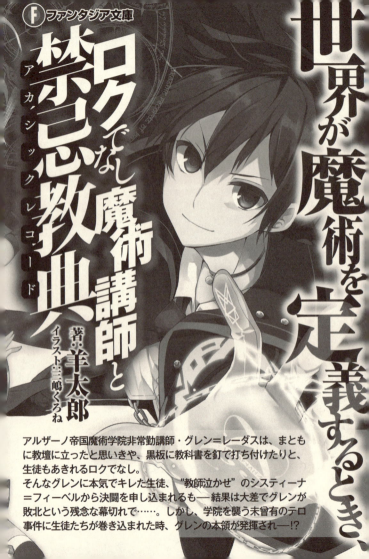

真理の講義が始まる
第26回
ファンタジア大賞
大賞
受賞作
ロクでなしが織り成す
新世代学園アクションファンタジー
第1～4巻好評発売中!!

最弱《スライム》だからこそ王者に

授かったモンスターの紋章によって優劣が決まる世界。モンスターを従え闘わせる『魔獣錬磨師』の育成学園『ベギオム』に通うレインは学園唯一のスライムトレーナー。周囲の嘲笑も気にせず、相棒のペムペムを信じ、誰よりも努力を重ねていた。そんなレインに固執する学年3位の美少女ドラゴントレーナーのエルニア。紋章と美貌を兼ね揃えた完璧な彼女が底辺のレインにこだわるのは、過去の因縁が原因らしいが……!?

ファンタジア文庫

勝てるんだ!!
できそこないの魔獣錬磨師《モンスタートレーナー》
見波タクミ
イラスト：狐印
第1~2巻好評発売中!

兵器で無双しろ!!
軍オタが魔法世界に
転生したら、現代兵器で
軍隊ハーレムを作っちゃいました!?
リュート
魔法世界に転生した"軍オタ"
main weapon:AK-47
明鏡シスイ
ill 硯
SHISUI MEIKYOU
SUZURI

ファンタジー世界を現代
クリス
驚異的な視力を持つ
吸血鬼のお嬢様
main weapon:Remington
M700P
スノー
リュートの幼馴染みで
白狼族の少女
mainweapon:S&W M10
2inch
命を落とし、魔法世界に転生した少年リュートは、“軍オタ”だった前世の知識を活かして製造した“現代兵器”で戦うことを決意する。これはやがて、自分だけの軍隊を創り上げ、その力で人々を救い伝説になる、かもしれない少年の物語である!
1~4巻好評発売中!
ファンタジア文庫

第29回ファンタジア大賞
原稿募集中！
賞金
大賞300万円
最強に面白い作品、待ってるわよ！
選考委員
第17回受賞
第17回受賞
第20回受賞
葵せきな×石踏一榮×橘公司
「生徒会の一存」「ゲーマーズ！」
「ハイスクールD×D」
「デート・ア・ライブ」
×ファンタジア文庫編集長
締め切り
第29回後期
2016年2月末日
投稿＆速報最新情報
ファンタジア大賞WEBサイト http://www.fantasiataisho.com/
富士見ラノベ文芸大賞も同サイトで募集中
「空戦魔導士候補生の教官」
著：諸星悠　イラスト：甘味みきひろ（アクアプラス）